Le haras maudit

Martine Lady Daigre

Le haras maudit

© 2 019 Lady Daigre Martine
Édition : BoD - Books on Demand
12/14 rond-point des Champs Elysées 75 008 Paris
Imprimé : BoD – Books on Demand, Norderstedt
ISBN : 9 782 322 031 993
Dépôt légal : 2e trimestre 2019

À mes fidèles lecteurs et lectrices de par le monde.
Un Grand Merci.

Ce livre est un roman.
Toute ressemblance avec des personnes, des noms propres, des lieux privés, des noms de firmes ou d'établissements, des situations existant ou ayant existé, ne saurait être que le fruit du hasard.

Prologue

L'aube se lève doucement. Je n'ai pas réussi à m'endormir. Je passe ma main sur mon visage. Je frotte mes yeux. Mes paupières sont gonflées, je les sens sous mes doigts. Manque de sommeil. Déjà qu'en vieillissant des poches sont apparues, je dois ressembler à un poisson-globe maintenant. On ne me reconnaîtra pas, c'est un mal pour un bien.

Je discerne les premières lueurs du jour à travers le carreau encrassé. La nuit s'est étirée de secondes en minutes, et de minutes en heures ; je les ai toutes comptées, las d'attendre que le jour se lève, profondeur d'un son répercuté émis par le clocher d'en face, celui que j'aperçois en me hissant sur la pointe des pieds en m'accrochant aux barreaux. Il est près et il me paraît pourtant si loin.

Je tourne et me retourne sur ma couchette. Mon voisin râle que je l'empêche de dormir. Cela m'est égal, ses remarques désobligeantes ne m'atteignent pas, et je roule dans mes draps comme un bateau ivre.

Le temps, malgré mon impatience, s'éternisait cette nuit. J'ai aussi compté les étoiles à défaut de moutons, en vain ; alors j'ai essayé d'analyser la situation, et je cherche encore l'instant où tout a dérapé. Ne me demandez pas ni pourquoi, ni comment. Je suis avare de mots aujourd'hui. Les belles phrases viendront plus tard, en noircissant la première page de mon inexistence, celle qui s'achève, celle que j'ai endurée sans rechigner, linéaire à en mourir. Car quelqu'un va venir. Je l'ai appris la semaine dernière. Il ouvrira une grille, puis deux, puis trois, et je le suivrai docilement jusqu'à atteindre la lumière au bout du tunnel. Enfin, je foulerai le sol qui m'a vu naître. Je regarderai le ciel. Ce ne sera plus un carré aux bords arrêtés, ce sera, à mes yeux, une immensité azuréenne en dépit des nuages qui se profilent à l'horizon. L'horizon : j'en ai rêvé pendant des mois, et il est là, à portée de main, si je tends le bras, je sens que je pourrais le saisir.

Tout à l'heure, je laisserai l'empreinte de mes pas sur l'asphalte. Dix ans. J'attends ce moment.

Tout à l'heure, je marcherai librement dans la rue.

Un aboutissement.

B. S

1

La fête battait son plein depuis plus d'une heure sous un ciel d'un bleu intense, d'une puissance à vous faire cligner les paupières malgré vous, ciel clément dépourvu du moindre nuage, ciel qui enchante le regard et repousse l'inquiétude d'une noce arrosée selon le dicton narré par les anciens : « Mariage pluvieux, mariage heureux venteux malheureux ».

En dépit de la distance à parcourir depuis la route jusqu'au point de ralliement, à savoir le buffet, on pouvait entendre les flonflons dès qu'on franchissait le portail du haras ayant pour nom celui du petit-fils : « Trémière », écrit en grosses lettres noires sur une planche en forme de flèche, laquelle était clouée sur un tronc d'arbre à l'entrée du domaine, panneau indicateur pour les étourdis, car ladite entrée, difficile d'accès, se situait malheureusement dans un virage aux environs de la bourgade « Villeloup ».

Pour sûr, des retardataires, ce jour, il y en avait un certain nombre et de toutes les catégories sociales : des messieurs en jeans et chemisettes ou en costumes trois-pièces, chaussés de baskets ou de souliers en cuir cirés de la veille reluisant d'éclats, des dames vêtues à la dernière mode, en robes longues ou en jupes courtes et corsages échancrés, juchées sur des talons hauts ou bien portant les sandales à la dernière mode, chapeautées ou alors tête nue aux cheveux colorés. S'y ajoutaient des gens qui s'étaient abstenus d'assister à la bénédiction nuptiale en prétextant un motif bidon de dernière minute, des athées ou pas.

À peine sortis de leurs voitures, unis par un même instinct, ils se précipitaient vers la table dressée dans la cour en s'ignorant les uns les autres, ce qui était normal, ils ne se connaissaient pas. Ayant déjà manqué le vin d'honneur à la sortie de la messe, conséquence de leur regrettable décision, ils voulaient à tout prix combler ce manque. On les voyait saisir d'un geste leste, de peur qu'un quidam ne subtilise le dernier verre, la flûte remplie à ras bord par un serveur prévoyant qu'ils portaient à leurs lèvres avec gourmandise.

Les éleveurs de la race Pur-Sang anglais, se résumant au grand-père Gustave Lévy, petit être chétif aux jambes cagneuses et arquées de surcroît, et au petit-fils Yves Trémière, un bedonnant de quarante ans à la taille normale, portant tous les jours ou presque un polo de la marque Ralph Lauren, un pantalon à pinces et des mocassins à pompons, avaient offert le lieu des réjouissances et les « bulles » ; les Fiorentini, un père ventripotent à peine plus âgé qu'Yves nommé Diego, cuisinier restaurateur accompagné de sa fille Natalia âgée de seize ans, une enfant belle et mince, en pleine crise d'adolescence qu'il élevait seul depuis son divorce, avaient fourni de quoi se sustenter jusqu'à la tombée de la nuit ; quant au sieur Michot Bernard, personnage principal de la fête à la chevelure rousse, la trentaine, d'allure sportive, il remerciait chaleureusement ses deux amis d'enfance et témoins à chaque fois qu'il les croisait, prodiguant de fortes poignées de mains, des embrassades et des claques dans le dos. C'était un réel plaisir de voir les trois compères réunis.

Les invités formaient donc une foule hétéroclite déambulant dans un site enchanteur. Circulaient d'un groupe à l'autre les notables de la contrée pour la plupart, les acheteurs potentiels de poulains à la lignée irréprochable, les propriétaires fortunés possédant les chevaux pensionnaires de l'établissement, mais aussi les collègues de travail, surtout ceux de la mariée qui était une infirmière anesthésiste appréciée au bloc opératoire, le marié exerçant la profession d'éducateur spécialisé. Tout en mastiquant et buvant, le notaire côtoyait Monsieur le Maire, l'endocrinologue et le cardiologue ; le chirurgien bavardait avec plusieurs membres du milieu paramédical ; les autres écoutaient en se promenant. On ne craindrait pas le malaise vagal, aujourd'hui, ni la crise de foie. D'ailleurs, le vieux Gustave âgé de quatre-vingt-deux ans l'avait bien compris. Reconnaissable entre mille avec son costume Pierre Lanvin bleu marine datant d'une dizaine d'années à la vue de la coupe et devenu beaucoup trop grand et trop large pour lui, il remplissait son estomac de petits fours salés en toute confiance, les engloutissant les uns après les autres sous l'œil inquiet de son fils qui en délaissait sa maîtresse du moment, une Anglaise pure souche, Maud Larson, une femme plantureuse convoitée par les célibataires et les hommes en quête d'une aventure extraconjugale sous le regard courroucé de leurs compagnes ou épouses, provocante avec sa jupe longue droite fendue sur le côté jusqu'à mi-cuisse et son chemisier transparent dévoilant un soutien-gorge à dentelle. Cette dernière, ayant remarqué que son amant était fort occupé à surveiller l'ancêtre, riait aux éclats en écoutant les blagues grivoises du très respectable avocat, Maître Chauvet, passablement éméché à cette heure. L'homme de loi à la cinquantaine portait bien son nom. Il n'avait pas un poil sur le caillou depuis sa naissance, un authentique chauve à la pilosité absente, pour preuve : les sourcils s'avéraient être inexistants. Il avait ôté sa cravate bleu ciel et l'avait posée sur le dossier d'une chaise avec sa veste de couleur assortie. Un pan de sa chemise blanche sortait de son pantalon à force de faire des effets de manches en racontant ces histoires osées qui n'étaient pas du goût de tout le monde, projetant par la même occasion des gouttelettes de champagne autour de lui. D'ailleurs, le cercle relationnel « bon chic bon genre » s'élargissait au fur et à mesure qu'il déclamait, ce qui amusait encore un peu plus la demoiselle de trente-huit ans qui n'avait pas bougé d'un pouce, mais qui fit preuve d'une grande sagesse en bloquant le passage du serveur avec son corps, modifiant de cette manière le parcours du plateau chargé de flûtes pleines, source de tentation pour le poivrot qui se tenait en face d'elle. D'autorité, elle entraîna son interlocuteur vers le plan de table afin de connaître leurs emplacements respectifs. De ce fait, ils tournèrent le dos à l'attraction du moment : la calèche des mariés que le palefrenier était en train de manœuvrer, tant bien que mal, sous le hangar.

Dimitri Froissart, le visage buriné par plus de cinquante ans passés au grand air, un barbu à l'allure athlétique, chemise en coton aux motifs écossais, jean délavé et tennis aux pieds, libéra les deux trotteurs qu'il avait harnachés pour l'occasion, et les emmena au pré accompagné par le beau-fils du marié vêtu dans un style semblable au sien, Guillaume Clément du nom de jeune fille de sa mère, chacun une longe dans une main. Dès que les chevaux furent lâchés, ils hennirent, satisfaits d'avoir été libérés de leur entrave, et se roulèrent dans l'herbe jaunie comme s'ils souhaitaient se débarrasser de l'affront qu'ils leur avaient été faits en les traitant comme de vulgaires percherons.

À leur retour dans la sellerie, Dimitri expliqua au gamin de onze ans comment disposer le harnais sur un des portoirs arrondis en prenant soin de ne pas emmêler les rênes et les sangles sous peine d'avoir à recommencer l'opération, sans son aide, la prochaine fois qu'il viendrait lui rendre visite.

Dimitri, sous ses airs bourrus d'homme habitué à donner des ordres à longueur de journée, appréciait la vivacité de Guillaume, et ce dernier le lui rendait bien. Sa soif d'apprendre était à l'opposé des petits délinquants paresseux et bagarreurs qui avaient été confiés au centre équestre en tant que lads. Ceux-ci étaient arrivés en renâclant, munis d'un contrat d'apprentissage dûment signé par l'équipe éducative, par leurs parents, par le juge et par eux, sous prétexte que le contact animalier, en particulier les équidés, leur serait bénéfique. Leur attitude désinvolte contrariait fortement le palefrenier, particulièrement un jour comme celui-là.

Dimitri acceptait difficilement la démarche du père Lévy vis-à-vis de cette engeance irrécupérable selon lui. Au fil de ces trente-deux années passées à côté de son patron, il en avait déduit que le dévouement de Gustave pour la bonne cause était une résurgence de son passé : né de parents juifs déportés au début de la Seconde Guerre mondiale et certainement gazés car disparus sans laisser de trace, son patron avait été confié à des agriculteurs dans la zone libre à l'âge de quinze ans par un heureux concours de circonstance, puis, ne sachant où aller après l'armistice, il y était resté. Il y avait appris l'amour de la terre et des bêtes au sein de cette famille d'adoption. Adulte, il avait souhaité retrouver ses racines. Dans l'Est de la France, il développa un élevage équin, modeste à ses débuts jusqu'à devenir le magnifique haras d'aujourd'hui. Gustave Lévy rendait à sa façon ce que les braves fermiers lui avaient donné. Il avait donc ouvert sa porte aux rebuts de la société, mais Dimitri avait l'œil, surtout avec cet alcool qui coulait à flots et qui pouvait tenter les cinq enfants placés en ce moment. Ce dernier craignait la rixe. Il surveillait.

— Tiens, voilà maman qui vient vers nous.
— Guillaume, je te cherche partout pour la photo de famille, appela Jocelyne Michot dans son joli tailleur beige dégriffé de la marque Chanel si on détaillait les boutons,

avançant à petits pas en se tordant les chevilles sur les graviers de la cour.

— Bien sûr, marmonna-t-il en haussant les épaules. La traditionnelle photographie qui trônera sur le buffet et remplacera celle de papa.

— Ta mère est heureuse. Elle rayonne. Tu ne devrais pas parler comme ça, petit.

— Ouais, ben, quand même, ce n'est pas cool de le remplacer aussi vite.

— Trois ans après le divorce, ce n'est pas du jour au lendemain qu'elle s'est mis en ménage, ta mère.

— Bon, j'avoue qu'il est sympa, le Michot, quand il joue à la PlayStation avec moi.

— Ah, tu vois qu'il a de bonnes intentions et des qualités, cet homme. Il ne pense qu'à faire votre bonheur à tous les deux, j'en suis sûr. Bernard, c'est un bon gars. Crois-moi.

— Alors mon chéri, tu papotes avec Dimitri.

— J'apprends le métier, maman, répondit-il fièrement en bombant le torse.

— C'est un peu tôt, tu ne crois pas. Allez, venez tous les deux, on vous réclame.

— Prenez mon bras, proposa Dimitri. Vous avez l'air d'avoir des difficultés à marcher avec vos souliers.

— Ce n'est pas de refus. J'ai hâte de me changer après la séance du photographe. Je serais plus à l'aise dans un pantalon en lin avec des ballerines aux pieds, et tant pis pour le protocole qu'impose la cérémonie.

Il a peut-être étalé un peu trop de cailloux, le fils du patron, à force de vouloir absolument recouvrir la plus petite trace de crottin, ironisa en lui-même Dimitri en avançant avec lenteur. Quand je pense qu'avant-hier on livrait le fumier à la coopérative et que trois heures après, Yves ne souhaitait pas que ces messieurs se salissent le bout de leurs coûteuses chaussures et ces dames leurs jolis petons peinturlurés. On est dans un haras, que diable ! Déjà que tous les chevaux sont à l'extérieur pour ne pas incommoder ces gens de la haute. Ils ne pourront pas se plaindre du parfum des occupants en approchant des boxes vides.

— Ah ! Enfin, vous voilà ! s'exclama Yves. On réclame les élus de la fête. Tout le monde s'est regroupé sous la tonnelle. Avis du photographe au nom imprononçable : avec la glycine en fleurs qui pend, il assure que les photos seront superbes. Ce n'est pas moi qui vais le contrarier, à moins que les mariés suggèrent un autre endroit.

— Non, non, c'est parfait, et, au plus vite on aura fini, au mieux ça ira, se dit Jocelyne en se collant à son mari. Viens à côté de moi, Guillaume.

— Je suis avec grand-mère. Je la soutiens.

— Laisse. Ne le force pas, murmura Bernard dans le creux de l'oreille de sa femme. C'est vrai qu'elle vacille un tantinet, ta mère.

— C'est d'avoir bu en ayant l'estomac vide. Il est temps de passer à table. Regarde l'avocat, là-bas, il est couleur pivoine.

— Celui qui est assis avec la compagne d'Yves ?

— Oui.

— Effectivement. Il en tient une bonne.

— Chut. Je n'entends pas ce que nous dit Monsieur Smerdjhak.

Ayant plaqué son objectif contre son œil droit, le professionnel shootait en rafales en quémandant les sourires réglementaires. Chacun y allait de son « ouistiti » ou de son « cheese », selon sa préférence. Suivirent les poses : « grands-parents, mariés », « cousins, cousines, mariés », « oncles, tantes, mariés », pour s'achever par un interminable défilé des deux arbres généalogiques qui éreinta les participants. Ce fut avec soulagement que tous entendirent la phrase - c'est terminé, je vous remercie Messieurs, Mesdames - comme un signal de départ du marathon de la fringale. Affamés, ils se ruèrent sur les plats, tendant leurs assiettes aux serveurs avec empressement, n'hésitant pas à se bousculer autour du buffet.

Le comportement des convives divertissait les cinq gamins en charge au haras au point que ceux-ci rigolaient à gorge déployée en se donnant du coude.

— C'est l'éclate, ici ! Je kiffe trop !
— Et t'as vu la rombière ?
— Ouais. Une grosse vache. Elle est pareille à son clébard. On ne différencie pas la tête de son cul.
— Et les bagnoles ? Tu les as vues ?
— Non.
— Viens, on va s'en griller une à côté de leurs tires.
— T'es sûr que le vieux ne va pas se foutre en pétard ?
— Mais non, on ne risque rien. Aujourd'hui, c'est quartier libre, je te dis avec la teuf de sa majesté.

Inquiet, Dimitri s'approcha du groupe.

— Pas question que vous fassiez les cons. Allez vous asseoir à la table ronde qui vous a été réservée, et toi, tu me ranges ton paquet de cigarettes.
— On est dehors.
— Tu fumes là où il y a des cendriers et pas ailleurs, c'est compris. Je ne veux pas voir un mégot par terre. Il ne manquerait plus qu'il me mette le feu à la paille cet abruti de gosse, pensa Dimitri en les accompagnant. Quand les invités auront tous été servis, vous irez vous aussi.
— Et après, on fera quoi ?
— La même chose qu'hier, vous vérifierez les auges et le foin. Exceptionnellement, on ne rentre pas les chevaux ce soir non plus, annonça-t-il en s'en allant.

— On se la coule douce. C'est le kif, mon pote.

— Arrête tes conneries. Le kif, ce serait d'être chez nous et pas dans ce trou à rat, et maintenant, allons bouffer. À nous de nous empiffrer maintenant que les connards et les pouffiasses sont partis.

— T'as raison, j'ai la dalle, et je vais me gaver jusqu'à m'en écœurer. Je vais prendre ce qu'il y a de plus cher. Ça va bien les faire chier de me donner du caviar à la louche.

— T'es con ou quoi ? Y a sûrement pas de caviar. Ils ont des thunes, mais faut pas exagérer.

— Parce que tu connais peut-être le prix du caviar, Monsieur le savant qui se croit supérieur à nous autres ?

— Arrêtez un peu vous deux. On va finir par se faire remarquer et on n'aura plus rien à grailler.

— Oh, toi, ce n'est pas parce que tu étais là avant nous que tu dois faire ton chef. Tu ne vaux pas mieux que moi sinon tu crécherais ailleurs qu'ici.

L'arrivée du grand-père Lévy, qui venait s'enquérir de leur bien-être, mit fin à l'altercation. Le vieux, ils l'aimaient bien. Sans lui, ils seraient en détention et ça, ils l'avaient saisi dès que le juge avait prononcé la sentence.

Respect.

La suite se déroula sans encombre. Danse. Farniente. Discussion à bâtons rompus. Volutes de cigares et de pétards. Sieste sous un arbre. Et ce, jusque tard dans la nuit. Les étoiles brillaient déjà au firmament lorsque les cinq adolescents appuyés contre la barrière du pré, les mains dans les poches, reluquèrent les superbes carrosseries quittant le domaine en file indienne tout en faisant ronfler les moteurs. Ils allèrent se coucher dès que le modèle Mercedes coupé sport eut disparu de leur champ de vision, voiture qui appartenait à l'avocat imbibé de caféine afin de dessoûler.

Les jeunes étaient galvanisés par l'étalage de richesse qu'avait donné à voir le mariage. Les conversations allèrent bon train dans le dortoir sous les combles de la maison de gardien, celle où vivait aussi Dimitri. Au rez-de-chaussée, la cuisine et la salle à manger étaient communes, à l'étage, il y avait la chambre de leur soi-disant geôlier et deux salles d'eau avec toilettes, au-dessus les lits. On évoqua les différentes marques de voitures dans le grenier aménagé, et comment arriver à s'en procurer une. Dans un futur proche, posséder un bolide, au minimum dans cette catégorie et pas en dessous sinon la bande qualifierait la bagnole de minable. Alors, on rêva d'un gros coup, de celui qui vous apportera la fortune sur un plateau en une seule fois, histoire d'en avoir plein des flûtes sur un plateau comme aujourd'hui, une idée qui aurait assurément déçu Gustave Lévy si son oreille avait capté pareils propos et qui aurait donné raison à Dimitri. À l'unanimité, ils décidèrent qu'épouser le métier de lad ne serait jamais inscrit dans la programmation de leur avenir.

2

Un trimestre venait de s'écouler depuis la noce des Michot. Quatre-vingt-dix jours radieux, enfin presque, si on ne tenait pas compte des esprits échauffés qui coulaient dans les veines de la jeunesse, un état d'esprit ayant rendu l'atmosphère pénible à supporter malgré le départ du gamin le plus hargneux. Les quatre restants contredisaient les ordres de Dimitri à longueur de journée. Ce n'était pas vraiment de mauvais bougres, ceux-là, le vieux Gustave avait connu pire, seulement, par jeu, ils cherchaient en permanence à outrepasser les autorisations en provoquant le palefrenier.

Conséquence du conflit, Dimitri était enragé du matin au soir, et l'ancêtre temporisait, freinant les coléreux à chaque altercation.

Le vieillard dynamita les contestations durant quinze jours au fur et à mesure qu'elles se présentaient jusqu'à ce que sa sensibilité atteigne la limite de ce qu'il pouvait supporter. Un après-midi, après une dispute plus violente que d'habitude, il s'écroula, genoux pliés, la tête plongeant dans la brouette pleine de fumier prête à être déversée, une main sur le cœur, à l'image du soldat combattant l'ennemi, dévorant à pleines dents les excréments de ses chers compagnons à quatre pattes, l'histoire de sa vie. La posture n'était pas des plus nobles.

L'espace d'un éclair, les railleries se turent, un silence se fit, puis vint cet instant de panique issu de la surprise. La course de l'un vers les écuries, la course de l'autre vers la maison, un troisième essayant de relever le fringant grand-père, du moins l'avait-il cru la minute précédente. Gustave Lévy était devenu un poids mort aussi lourd que trois sacs d'orge. De plus, il s'agrippait encore au brancard comme à une planche de salut. La difficulté à le soulever surpassa la force de l'adolescent, il le lâcha en lançant une tirade de jurons.

Arrivé sur les lieux, Dimitri eut du mal à ouvrir les doigts calleux. Il chercha le pouls par réflexe tout en sachant pertinemment qu'en voyant le rictus de cette mâchoire aux lèvres décolorées, son patron avait rendu l'âme de manière quasi instantanée. La teinte cadavérique du visage confirma ses soupçons lorsqu'il le déposa sur le lit d'Yves situé au rez-de-chaussée. Les soupçons furent certifiés par le médecin de la ville voisine une heure après la chute fatale en remplissant le formulaire de décès.

Ce soir-là, on chuchota dans le dortoir. Plus question de se disputer pour des broutilles, l'affaire était sérieuse. La chance avait-elle tourné ? La grande faucheuse allait-elle bouleverser la décision de la justice ? Allait-on se retrouver à la case départ ? Plutôt mourir que d'être emprisonnés, clamèrent les jeunes en chœur.

— Le Trémière passe son temps à se pavaner au volant de sa Porsche 911. Ce n'est pas lui qui va gérer la baraque et s'occuper de nous. On risque de voir débarquer cet enfoiré d'éducateur pour un oui ou pour un non.

— Le Michot ?

— Ben, ouais, qui veux-tu envoyer à sa place ? Y a que lui dans le coin de disponible. Enfin, je crois, d'après ce qu'il a raconté.

Ils votèrent. Pas d'abstention, ni d'opposition. On se tiendrait tranquille. On essayerait de se faire oublier, du moins au début, puisque Dimitri Froissart serait seul aux commandes.

— Le plus difficile sera d'amadouer l'autre connard après ce qu'on lui en a fait baver. Y aura plus que lui. On va en chier.

— Eh, merde. C'est pas de bol qu'il est crevé, le vieux.

— La poisse !

— On verra demain. On ne va pas se prendre le chou avant. On agira en conséquence.

Pendant ce temps, le fils et le palefrenier calculaient le montant des obsèques, brochure posée sur la table basse du salon, un verre de whisky pur malt entre les doigts.

— On va respecter ses volontés, au père, décréta Yves. Pas de fleur, ni de couronne, un cercueil en sapin avec les poignées en plastique, incinération, urne basique.

— Qu'est-ce qu'on fait pour le concours ?

— On continue. Il n'aurait pas aimé que le haras arrête de fonctionner sous prétexte qu'il est mort. Ce haras, c'était l'œuvre de sa vie, sa raison d'exister, et les concours sa place sur le podium. Le client est roi, tel était sa devise, je ne t'apprends rien, et puis on est prêt à recevoir la délégation. On s'y prépare depuis longtemps, on ne va pas annuler. Un concours hippique de cette renommée, c'est bon pour les affaires.

— Si tu le dis, mais il faudra être discret lorsqu'on procédera à la levée du corps.

— L'entreprise des pompes funèbres passe demain matin. Je préparerai les fringues après avoir déjeuné, et j'accueillerai les cavaliers ensuite. On aura le temps. Il faudra juste tenir les gosses à l'écart.

— Ça, je m'en occupe. Ils ne la ramèneront pas, crois-moi. Remarque, ils sont un peu choqués. Ils n'en menaient pas large tout à l'heure dans le dortoir. Profil bas dans les pyjamas.

— Jamais vu de mort dans leur milieu ? C'est étonnant avec leur fréquentation.

— Sans doute.

— Comme pour moi. Je n'ai pas vu les parents. J'étais trop petit, dixit le grand-père. Cela ne m'a pas manqué. Ils ne devaient pas être beaux à regarder après avoir été écrabouillés dans leur BMW. Au moins, j'ai gardé en mémoire une belle image d'eux.

— Ce n'est pas faux. Parfois, il vaut mieux s'abstenir, mais, là, ils n'ont pas eu le choix. Ils étaient aux premières loges. Au mauvais endroit au mauvais moment, comme on dit toujours. Qui prévient-on ?

— J'ai déjà téléphoné aux copains Michot et Fiorentini, quant à Maud, elle est à Deauville. Elle monte en amazone dans le domaine de je ne sais pas qui, et cela m'est complètement égal de savoir qui elle fréquente. Il y a des fois où elle m'insupporte avec ses principes, son côté snobinard et vénal.

— D'où Deauville ?

— D'où Deauville.

— Et en ce qui concerne les connaissances de ton père ?

— Avis de décès dans le journal, viendra, qui veut. À mon avis, pas plus de trente pour un lundi en milieu d'après-midi. Ce ne sera pas comme au mariage.

— On offre à boire après la cérémonie ?

— J'y ai pensé sinon cela jasera dans les chaumières et on n'a pas besoin qu'on salisse notre réputation. On respectera les traditions ancestrales en mémoire du père. On servira du vin en carafe avec des toasts, genre apéritif dînatoire. On sera proche de dix-huit heures. Ce sera de circonstance. Je demanderai à Maud de m'envoyer quelqu'un pour préparer cette collation. Elle connaît du monde. Elle nous trouvera une aide et sera fière de colporter que c'est grâce à elle que la cérémonie s'est déroulée correctement. Elle va s'en glorifier ; quant à moi, je m'en fous du moment qu'elle m'enlève cette corvée et qu'elle brille par son absence, c'est l'essentiel.

— Dans ce cas, puisque c'est réglé, je regarde si les jeunes dorment par acquit de conscience et je vais me pieuter.

— Idem. Je te suis. Je vais prendre la chambre du Père en attendant. Dans la précipitation, on n'a pas fait attention en le couchant sur mon lit, on a inversé nos pieux. Cela ne m'enchante guère, mais est-ce que j'ai le choix ? Je n'ai pas envie de le déplacer maintenant qu'il est raide, et toi non plus je présume.

— Non.

— Alors, salut, à demain Dimitri.

— Salut, Yves.

3

Dans la lueur matinale, les barres de différentes couleurs en partie recouvertes de sable et de rosée scintillaient. Elles semblaient avoir été lâchement abandonnées dans la carrière au sol piétiné durant le week-end. La multitude d'empreintes de sabots montrait le nombre de cavaliers, hommes et femmes de tous les âges, qui avaient concouru. Après l'effervescence de ce semblant de fête, interrompue par le passage du croque-mort, venait le rangement et celui-ci incombait aux jeunes lads sous l'œil attentif de Dimitri. Il entendait les jérémiades qui fusaient et ne pipait mot. Il préférait s'abstenir d'émettre une réflexion plutôt que d'élever la voix par respect pour son patron qui serait enterré tout à l'heure.

— Ils auraient pu nous filer un bifton, ces connards, en remerciement. Plus ils ont du blé, moins ils en filent. On s'est démené pendant deux jours sans toucher le moindre fric. Et que je te ramène un seau d'eau pour le canasson, et que je te montre l'enclos où le parquer en attendant ton tour, et que je te ramasse leur merde pour que la cour reste en permanence propre. On a été des esclaves. Le vieux, il n'aurait pas toléré ça.

— Ouais, t'as raison mon pote, seulement, le vieux, il est plus là. Va falloir t'y faire.

— Ne cause pas si fort, l'autre, il tend l'oreille.

— Je n'ai pas peur de dire ce que je pense. Tous des enfoirés à se pavaner dans leur belle tenue.

— Ouais. Suis d'accord avec toi, moi.

— Et je me suis bien marré quand le mec s'est cassé la gueule par-dessus la haie et qu'il est tombé sur le cul. La tronche qu'il tirait. Il faisait moins le fier devant le public à brosser son froc et replacer son casque sur la tête.

— Ça s'appelle une bombe, là, tu n'as pas tort, mon frère. Porter un pantalon blanc, c'est complètement con. Il ne faut pas s'étonner de se salir.

— Et tu as vu leur veste ? Et leurs pompes bien cirées ?

— Vous trois, héla Dimitri, au lieu de bavarder dans votre coin, bougez-vous un peu. Finissez d'entasser ces barres dans l'angle et après, vous irez aider votre camarade à panser les chevaux avant de les emmener au pré.

— OK chef, rigola celui qui se tenait accoudé au chandelier. Quelle connerie ! Le pré, il n'a plus d'herbe. Ils ont tout bouffé cet été, dit-il en se tournant vers son acolyte.

— Putain, j'y crois pas. Il va nous faire trimer.

— Tu croyais que c'était relâche aujourd'hui.

— Ben, ouais, quand même, à cause du macchabée.

— T'es bête ou quoi ? Tu auras la fourche, la pelle et le râteau, le foin dans les râteliers, la paille dégueulasse à ramasser et la fraîche à étaler. Tout un programme de réjouissances. Tu piges ?

— Ouais, je pige et suis vénère rien qu'à y songer.

— Alors, magne-toi qu'on puisse s'en griller une après. Merde ! Il se pointe.

Dimitri avançait vers eux en essayant de maîtriser sa colère. Des tire-au-flanc, ces deux-là, pensa-t-il, et ils entraînent le troisième.

— Alors, vous n'avez toujours pas fini ?

— On est crevé avec le boulot qu'on a abattu ce week-end, protestèrent-ils d'une seule voix, le numéro trois s'étant tu à l'arrivée du palefrenier.

— Et vous vous croyez des hommes ! Dépêchez-vous, déclara Dimitri en attrapant le chandelier.

Quelle bande d'incapables ! C'est plus facile de brosser la bête que de soulever ces morceaux de bois, murmura l'adulte en s'éloignant.

Trente minutes de labeur. La tâche fut enfin terminée. Ils rejoignirent l'écurie en soufflant.

Dimitri resta avec les quatre jeunes, maniant l'outil, évacuant son chagrin au contact du docile Darkness, un étalon âgé de 11 ans à la robe noire pangaré, le pur-sang aux multiples victoires dans les concours hippiques, monté par le fils du patron pendant quelques années. Connu internationalement grâce à son palmarès, il était maintenant réclamé pour les saillies des juments de pure race. Dédaigné par Yves qui le jugeait trop vieux, celui-ci préférait le Saddlebred bai, un fougueux hongre de cinq ans qui s'appelait Anekin. C'était donc à lui, Dimitri, que revenaient les soins et les promenades du reproducteur. Il étrilla son poil, bouchonna ses flancs, peigna sa crinière, cura la sole de ses sabots et graissa la corne.

Les cinq œuvrèrent séparément dans les boxes jusqu'au repas de midi.

Vers seize heures, une smart blanche franchit le portail. Elle vint se garer juste devant le manège couvert qui se situait en face de la maison. En sortit une femme aux cheveux coupés courts, vêtue d'un jean, de bottes et d'une veste trois quarts en velours marine. Lorsqu'elle s'approcha de la porte d'entrée, Dimitri reconnut une des serveuses de Fiorentini engagée comme extra trois mois auparavant.

— Bonjour, c'est l'agence d'intérim qui m'envoie. Comme je connaissais l'endroit, j'ai accepté la mission.

Elle n'est pas allée chercher bien loin, la Maud, pensa-t-il. Téléphoner à une boîte d'intérimaires, on aurait su. Ce n'était pas sorcier.

— Puisque vous avez déjà pris vos marques dans la cuisine, ce sera donc plus simple pour vous, effectivement. Vous avez à préparer un repas sommaire avec les denrées qui sont dans le frigidaire et sur la table. Monsieur Gustave Lévy étant décédé, c'est pour la traditionnelle collation.

— Oh, toutes mes condoléances. Je n'ai pas été prévenue.

— Cela n'a pas dû être précisé lors de la demande, mais ne vous inquiétez pas, inutile de s'habiller en noir. Vos habits conviennent parfaitement. Il y aura peut-être quelques personnes qui viendront après le cimetière. Nous les avons estimées à une trentaine avec le patron. Faîtes en sorte qu'il y ait assez à manger, quitte à restreindre la quantité sur les toasts pour en augmenter le nombre. Je vous précède.

La femme entra dans la demeure observée par quatre paires d'yeux en provenance du bâtiment principal.

Pendant qu'on s'agitait au haras, l'urne contenant les restes de Gustave Lévy était descendue dans le caveau familial sous le regard des familles Michot et Fiorentini ainsi que des gens des environs, des personnes aux visages attristés aussi sombres que leurs tenues vestimentaires, notamment l'avocat Chauvet qui ne manquait jamais une occasion pour s'enivrer quand son emploi du temps le rendait disponible. Conformément aux désirs du défunt, il n'y avait pas de signe religieux distinctif sur la tombe en granit rose. Aucune étoile de David. Aucun petit tas de pierres. Juste le nom et les dates, gravés en lettres et chiffres dorés. Pas de fleurs non plus ce qui facilita la tâche de ces messieurs des pompes funèbres qui partirent tout de suite après avoir repositionné la lourde pierre tombale, suivis de près par le fils et les endeuillés d'un jour.

Lorsque tout ce petit monde arriva au domaine, un des jeunes était encore en train d'épiler la cour d'honneur en se servant du ramasse feuilles avec l'espoir de récupérer les brins de foin que les chevaux avaient tiré des filets accrochés aux portières des vans, et la paille qu'ils avaient traînée en sortant des véhicules, tandis qu'un autre s'évertuait à effacer avec un râteau les nombreuses traces de pneus laissées par les véhicules manœuvrés sans aucune délicatesse. Ils maugréaient, chacun dans leur coin, et s'interpellèrent en levant le poing, imaginant les dégâts que causeraient à nouveau ces voitures qui étaient en train d'arriver lorsqu'elles se gareraient. La seule chose qui apaisa leur courroux fut d'apercevoir Natalia Fiorentini lorsqu'elle entra dans la demeure, un stimulant efficace leur faisant redoubler d'ardeur.

La nuit tombant rapidement en ce début d'automne, ces drôles de convives s'installèrent au salon dans les confortables fauteuils club en cuir pleine fleur marron foncé dont les accoudoirs arrondis invitaient à la détente. Un feu avait été allumé dans l'âtre de la magnifique cheminée en marbre. Les plats avaient été disposés sur la table basse marquetée en bois précieux, surtout du palissandre. Les bouteilles d'alcool et les verres étaient à portée de main dans le meuble bar en forme de globe terrestre qui avait été ouvert par l'intérimaire avant de partir.

Le niveau des bouteilles avait bien diminué lorsque les quatre jeunes franchirent le seuil du salon, accompagnés par un Dimitri tout en noir, chandail, pantalon, chaussures, un fait rarissime. Impeccables dans leurs vêtements propres, douchés, ayant rasé les poils disgracieux de la moustache ou de la barbe naissante, les adolescents s'attaquèrent aux victuailles en modérant leurs gestes. Ils ne voulaient pas que la jeune fille ait honte de leurs comportements et les catalogua de « déplacés ». Ils s'appliqueraient à avoir une attitude exemplaire au cours de la soirée. Ils seraient irréprochables et se tiendraient convenablement. Ils ne voulaient surtout pas ressembler à cet avocat à l'haleine chargée qui bafouillait en cherchant ses mots. Sobres, ils seraient et le resteraient. Peu à peu, ils se rapprochèrent de l'unique demoiselle en formant un cercle autour d'elle ce qui l'isola de la conduite importune du nouveau maître de maison, Yves Trémière, qui, après avoir éclusé pas mal de verres, s'était improvisé un rôle de don Juan avant l'entrée de la jeunesse. Le Roméo quarantenaire n'avait pas hésité à proposer un voyage dans la capitale au cours des prochaines vacances scolaires, à la proie convoitée, faisant fi de la personne mineure à laquelle il s'adressait.

Ainsi s'acheva la soirée des hôtes, entre alcool, volutes de fumée et évocation des souvenirs.

4

Six ans s'étaient écoulés depuis le décès du grand-père Lévy, six ans avec des hauts et des bas avec une nette amplitude pour le bas.

Natalia Fiorentini descendit à l'arrêt de bus, avenue du Général Gallieni, sac de sport à l'épaule. Elle y avait mis le strict minimum pour le week-end : quelques cours, des lainages à ranger dans son armoire, un livre qu'elle devait impérativement avoir lu d'ici lundi matin, sa trousse de toilette, un jean, deux tee-shirts à manches longues et les indispensables culottes, soutiens-gorge, chaussettes.

L'air piquait le visage en cette fin mars, contrastant avec la douillette chaleur du car procuré par le chauffage et la promiscuité des passagers. Elle remonta le col de sa veste en velours côtelé bordeaux et s'engagea dans la ruelle. Il y avait peu de passants, pourtant, la cloche de l'église de Sainte Savine dans la rue principale avait déjà sonné les douze coups de midi. Elle l'avait entendue. Ce n'était pas un bon pronostic pour le restaurant. Depuis plusieurs mois, la clientèle était rare et le chiffre d'affaires baissait. Certes, les beaux jours se profilaient à l'horizon, mais le tourisme estival était loin d'être présent à cette période de l'année. Elle frissonna à l'idée de retrouver un père plus dépressif que la fois précédente. Ne revenant pas toutes les semaines à cause d'études accaparantes, inscrite en Master 1 en Droit des Affaires à l'UFR Droit et Sciences Économiques et Politiques à Dijon, elle appréhendait la visite. À vingt-deux ans, malgré la bourse allouée par l'état, elle avait pleinement conscience des difficultés financières que rencontrait son paternel, et aspirait à gagner sa vie rapidement afin de participer aux frais mensuels familiaux.

Devant la porte de service, elle leva les yeux et constata que les volets aux fenêtres de l'appartement et du grenier s'écaillaient chaque hiver un peu plus. Une couche de peinture ne serait pas du luxe, pensa-t-elle en cherchant son trousseau de clés. Elle soupira en introduisant la clé dans la serrure. Elle monta directement à l'étage déposer ses affaires dans sa chambre, puis descendit aider au service.

Lorsque Natalia séjournait à la maison, la serveuse ne se déplaçait pas. Cette obligation avait été stipulée dans le contrat qu'elle avait signé bien qu'elle soit employée à temps partiel. C'était toujours ça d'économiser pendant la morne saison, et l'été, l'inverse s'avérait vital ; les consommateurs afflueraient, enfin, ça, c'était avant.

L'escalier qu'elle emprunta aboutissait dans le couloir menant à la réserve. Natalia enjamba une caisse remplie de bouteilles vides de jus de tomate, poussa du pied la poubelle dédiée au tri sélectif qui n'aurait pas dû se trouvait là, et pénétra dans la cuisine sur sa gauche.

— Bonjour Papa, dit-elle, prononçant les mots à l'italienne en accentuant les voyelles.

Deux bises claquèrent sur les joues. Elle constata que la peau paternelle irritait la sienne, rasage pratiquait à la va comme je te pousse par celui qui délaisse son corps.

— Tu es déjà arrivée. Je ne t'ai pas entendu entrer avec le bruit de la hotte. Comment vas-tu ?

— En forme. Et toi ? Tu cuisines tôt ? Des clients ?

— Les vieux Soriano. Nos habitués espagnols qui préfèrent nos spécialités italiennes à celles de leur pays. Jambon de Parme en entrée, lasagnes vertes en plat principal et concernant le dessert, ils choisiront après. Ce sera vite préparé. Ils en sont à l'apéro.

— Je vais aller les saluer et j'en profiterai pour astiquer discrètement les miroirs.

— Va bene.

Natalia laissa le maestro vêtu de son tablier blanc noué sur sa bedaine œuvrait à ses casseroles et entra dans le restaurant. Elle se dirigea directement vers le couple, leur serra la main, dit quelques mots et passa derrière le comptoir. De là, elle contempla la salle tout en longueur du restaurant. Un carrelage grège, une enfilade de tables carrées pour quatre personnes recouvertes de nappes à petits carreaux rouge et blanc avec leurs inévitables chaises paillées, des vues de Rome, de Florence et de Venise afin de plaire aux clients de passage.

J'ai beau lui suggérer de moderniser le décor, songea-t-elle en s'attaquant aux miroirs, il n'en fait qu'à sa tête. Avec bonheur, il n'a pas osé ajouter sur les tables la fameuse bougie coincée dans le goulot d'une bouteille de Chianti avec sa cire qui dégouline lorsqu'elle est allumée. Le kitch, c'est bien dans le pays d'origine, mais pas chez nous. Jamais il n'attirera les étudiants avec un mobilier pareil. C'est ringard. Et ce jambon pendu au mur. Encore heureux qu'il soit sous vide. J'espère que les gens ne s'imaginent pas qu'il finira dans leurs assiettes un jour. Tiens, de l'ensemble, je ne garderai que les miroirs qui donnent de la profondeur et agrandissent faussement l'espace. Bon, cinq personnes lisent la carte dehors. Seigneur, exauce mon vœu si tu m'entends, qu'ils entrent. Cela en attirera d'autres. Une salle remplie encourage l'indécis à franchir le seuil.

Elle hésita à se signer. Elle n'aimait pas les bondieuseries. L'Italie avec ses grenouilles de bénitier, le Vatican avec ses religieux et ses gardes suisses, elle les laissait aux touristes.

Oh non, pas, ça, ils poursuivent leur route. Comme dit la chanson : je prie Dieu quand je suis dans la merde et comme il le sait, il me laisse dedans. Enfin, ce sera pour une autre fois, chuchota-t-elle en essuyant nerveusement un verre au risque de le briser.

Natalia, contrariée, rangea le peu de vaisselle qui traînait, puis elle empila les menus pour s'occuper. Elle eut la curiosité de voir si son conseil avait été suivi. Un simple coup d'œil vérifia ses craintes. La carte n'avait pas été modifiée d'une ligne. Invariable. Il n'y avait pas suffisamment de mots dans le dictionnaire pour traduire sa déconvenue. Elle partit en cuisine sermonner le cuisinier.

— J'ai lu la carte. Tu n'as rien changé, dit-elle, agacée.

— Que veux-tu que j'y fasse ? dit-il en s'épongeant avec son torchon. Si je commande de la nourriture spécifique de là-bas, olives niçoises et j'en passe, ce sera trop cher et nous aurons encore moins de monde.

— Il faut que tu aies tes propres recettes, des plats jamais élaborés ailleurs. Qu'on vienne dans ton restaurant pour découvrir une nouveauté culinaire. Aujourd'hui, les gens aiment les sensations fortes, les mélanges d'épices, un brin d'exotisme.

— De l'exotisme avec des pâtes ?

— Et pourquoi pas ? Il y a bien des chefs étoilés qui ajoutent des fleurs. Déjà que les supermarchés vendent du traiteur, si tu n'innoves pas, je crains le pire, Papa.

— Je reconnais que les soirs de foot on ne vient plus beaucoup commander des pizzas à emporter bien qu'elles soient cuites au feu de bois, à l'ancienne.

— Cet avantage devrait être mis en avant, Papa. La plupart de tes concurrents n'ont pas de four à pain comme toi.

— Tu as raison. Nous avons eu de la chance, lorsque nous avons acquis cette vieille maison, que les voisins nous autorisent à le conserver Ils auraient pu s'y opposer. Grâce à leur approbation, je cuisine de l'authentique, du sur-mesure, seulement, tu sais, ma fille, aujourd'hui, on achète du surgelé ou, pire, on se fait livrer à domicile et je n'ai pas les moyens d'embaucher un livreur. C'est la facilité offerte au monde moderne.

— Et si tu distribuais des flyers dans les boîtes aux lettres avec la poste comme l'an passé ? Le résultat avait été satisfaisant.

— Je vais y réfléchir.

— J'entends la sonnette. J'y retourne. Ne faisant pas attendre le client.

Le restaurant des Fiorentini fit presque autant de couverts le soir que le midi. Après le dernier dîneur, Natalia récupéra la caisse et compta la recette dans le salon à l'étage pendant que son père vérifiait la chaleur des braises du four à pizzas avant d'aller se coucher. Rideau de fer tiré, porte verrouillée, il grimpa.

— Alors, combien ? s'enquit-il en versant de l'eau chaude sur le sachet de tisane, sa fille ayant préparé le mug à l'avance. Il porta la boisson à ses lèvres.

— Huit cent quatre-vingt-trois euros.

— Pas mal, répondit-il en buvant.

— Grâce aux bouteilles de vin bio.

— C'est vrai.

— Est-ce que tu vas pouvoir régler les factures en cours du trimestre ?

— Je pense, si demain nous faisons autant.

— Et, dis-moi, pourquoi je n'ai pas la facturette d'Yves Trémière ? Je l'ai aperçu en montant. Il a payé en espèces ?

— À vrai dire, commença Diego, gêné.

— Quoi ?

— Il n'a pas payé.

— Comment ça, il n'a pas réglé sa note ?

— Il est dans le besoin.

— Avec le haras ?

— On voit que tu es partie depuis longtemps. Le haras n'est plus ce qu'il était.

— Les paillettes de l'étalon se vendaient un prix exorbitant. Il ne peut pas être sur la paille, tu me l'aurais dit, n'est-ce pas ?

Fiorentini plongea le nez dans son mug. Le silence devint pesant. Il enveloppa l'espace.

— Qu'est-ce que tu me caches, Papa ? Dis-moi la vérité.

— Il nous a emprunté de l'argent l'an passé et c'est moi qui lui avais demandé de venir.

— Attends, je rêve ! Il nous doit des sous alors que tu peines à joindre les deux bouts !

— J'espérais qu'il viendrait avec un petit quelque chose pour nous aider.

— Combien il nous doit ?

— Dans les trois milles. Si elle savait que c'est le triple, pensa-t-il, elle serait sortie de ses gonds.

— Salopard ! Il bouffe gratis en éprouvant aucun scrupule. Il se moque de toi, Papa, dit-elle, écœurée, en se levant. Bonne nuit. Je file me doucher.

— Vas-y. J'irai après toi. Bonne nuit ma grande.

Le père n'avoua pas à sa fille que son ami, au lieu de rembourser sa dette, avait plaidé sa cause et réclamé encore mille euros au nom de la sacro-sainte amitié, somme qu'il lui avait refusée en ayant dû se justifier. Un comble.

Natalia était incapable de se concentrer sur ce qu'elle lisait. Elle éteignit la lampe de chevet, remonta la couette, posa le bouquin sur l'autre oreiller et attrapa sa tablette. Elle chercha un feuilleton télévisé à regarder en replay. J'irai chez Trémière demain avant de rentrer à Chevigny Saint Sauveur, se promit-elle. Il aura intérêt à nous rendre notre argent en intégralité, pas des miettes histoire de m'apaiser, sinon ça va chauffer, je te le garantis, Papa.

5

Yves Trémière, étriqué dans son blouson en jean, car il avait grossi à force de grignoter en permanence, gara sa voiture en double file et actionna les feux de détresse. Il n'avait pas l'intention de faire un créneau bien qu'il y ait de nombreuses places libres sur le parking de la cité en ce dimanche matin. Il pouvait difficilement bouger ses bras, accoutré de la sorte et ses épaules refusaient la contorsion. À la parisienne, on risque de péter un phare, justifiait-il à chaque fois qu'il stationnait de cette façon, et en épi, on doit manœuvrer. Aujourd'hui, il était en retard, et ce retard l'énervait un maximum. Il tourna machinalement la tête vers l'entrée de l'immeuble, le bloc G, tache grise perdue au milieu d'autres murs gris où, seules, les lettres des blocs apportaient une touche de couleur dans ce décor sinistre qui ne motivait pas le Conseil municipal à engager des dépenses dans une réhabilitation de quartier fort onéreuse. Le coût exorbitant de la rénovation et les devis des entreprises locales désireuses de se gaver sur le dos du contribuable avaient entériné la décision ; on laissait se dégrader l'ensemble de la cité jusqu'aux prochaines élections.

Comme d'habitude, il n'y avait personne au pied de l'arbre parsemé de feuilles naissantes. Justin Dalmasso n'était pas prêt. Yves sortit de son véhicule et claqua la portière, mécontent. Il se moquait bien de gêner les autres en abandonnant son véhicule en plein milieu. De toute façon, ici, on résolvait le problème rapidement. Deux gars costauds déplaçaient votre tacot en trois temps quatre mouvements et, en prime, abattaient leurs poings sur le capot.

Une vieille femme au dos voûté revenant de la supérette, habillée d'un manteau usagé et de godillots éculés d'un autre siècle, le cabas d'un côté et la canne de l'autre, marchait dans sa direction. Elle le regarda d'un air courroucé. Si les adultes imitent les jeunes, pensa-t-elle en continuant à avancer, qui est-ce qui montrera l'exemple ?

Yves l'ignora d'un haussement d'épaules et se précipita sur l'interphone tout en appuyant sur le bip de la fermeture centralisée. Son index gauche écrasa les touches du digicode lorsqu'il tapa dessus. Ces dernières étaient en partie effacées à force de subir quotidiennement le traitement brutal des doigts des locataires. Il poussa la porte avec son pied droit et s'engouffra dans le hall d'entrée glacial. Il avait encore gelé cette nuit. Giboulées de mars. Une des dernières, assurément. Pas question d'attendre ce maudit ascenseur qui mettrait des lustres à arriver au niveau zéro alors que Dalmasso vivait au premier étage. Il prit l'escalier. Arrivé à destination, il sonna énergiquement à la porte. Pas de réponse. Excédé, il tambourina à s'en blanchir les phalanges. Il vérifia l'heure et sonna de nouveau dix longues secondes.

— Ouais, j'arrive, gueula Justin en parcourant l'appartement.

Yves se calma en entendant la manipulation du verrou.

— Qu'est-ce que tu foutais, Justin ? On ne risque pas d'y être si on traîne encore.

— J'étais aux cabinets, rétorqua-t-il en remontant la braguette de son pantalon kaki. On n'a plus le droit de chier tranquille, maintenant. Il y a des choses qu'on préfère faire chez soi plutôt que dans un lieu public, et moi, je préfère mes chiottes. Je n'aime pas poser mon cul sur la cuvette des autres. Question d'hygiène.

— Bon, ça va. Là, je reconnais que tu n'as pas vraiment tort, répondit Yves d'une voix radoucie. Tu es prêt ? Avec ces fringues, on dirait que tu pars à la chasse.

— Je n'avais rien d'autre à me mettre de propre. J'ai oublié de lancer la machine à laver le linge hier soir du coup, j'ai mis celui-là.

— Tu t'es endormi devant ton poste ?

— Ben, ouais.

— Bon. On peut y aller maintenant ?

— Je n'ai plus qu'à prendre du fric. Tu as le tien ?

Dalmasso était méfiant. Les ardoises d'Yves Trémière étaient connues de tous. Lui aussi n'avait pas fait exception à la règle, il avait eu droit au classique emprunt que son copain promettait de rembourser toujours très rapidement. Ensuite, les jours se transformaient dans le meilleur des cas en semaines, dans le pire en mois. Les explications fournies par l'emprunteur n'étaient jamais claires. Ses malheurs étaient toujours indépendants de sa volonté. Il invoquait tour à tour la sécheresse et l'augmentation du prix du foin ou de la paille, les taxes, les impôts, la mondialisation, etc. Tous les motifs étaient bons. Il se plaignait, à vous fendre l'âme.

— Ne t'inquiète pas. J'ai ce qu'il faut, dit-il en tapotant la poche intérieure de son blouson.

Le geste ne rassura pas du tout Justin. L'esbroufe d'Yves, il la connaissait par cœur depuis le temps que celui-ci la pratiquait.

— Quel est le programme ? demanda Justin en sortant de l'ascenseur.

— Huit courses, peu de partants, on a nos chances.

— Début de saison. Normal. Les proprios se réservent pour des gains plus importants.

— Raison pour laquelle il faut qu'on y soit à l'ouverture.

— On y sera. Tu n'auras qu'à appuyer sur le champignon. « La Chapelle Saint Luc, Reims » n'équivaut pas à un « Paris, Cannes ».

— Je ne prends pas l'autoroute. Fidèle à mes principes, tu me connais. Elle est trop chère. Elle augmente sans arrêt. On arrivera dans une heure et demie, environ, si tout va bien, ou deux si ça bouchonne.

— Alors là, je ne m'avance pas sur l'horaire, et je ne te contredis pas car c'est toi qui conduis. Tu as vu où tu t'es garé ? Un jour, ta caisse, elle va trinquer. Il ne faudra pas que tu viennes te plaindre.

— Avec la Porsche, je ne l'aurais pas fait mais celle-là, elle ne risque pas grand-chose. Elle est déjà cabossée. Tiens, jette donc un œil sur l'arrière de la Honda avant de monter. Elle a pris une barre de saut dans le pare-chocs à cause des mômes. Ils ne regardent pas où ils vont.

— Toujours ceux de septembre ?

— Non, des nouveaux, les autres, ils n'ont pas tenu le coup, mais c'est la même engeance. Ils rigolent dans notre dos et se moquent bien de ce que Dimitri peut leur dire. Tu parles d'un apprentissage.

— Ouais, je vois le genre. Note que c'est de la main-d'œuvre gratuite.

— Pas faux. Je ne sais pas comment fait Dimitri pour les supporter. Moi, au bout de cinq minutes, je tourne les talons et je trace.

— L'habitude avec les années.

— Sûrement. Tu nous lis les pronostics pendant qu'on roule ? Le canard est dans la boîte à gants. Je l'ai acheté hier. Je l'ai planqué là à cause de Dimitri. Il n'a pas besoin de savoir où je vais.

— OK.

Il doit s'en douter, ne t'illusionne pas, pensa Justin en le récupérant.

Deux heures plus tard, les deux hommes arpentaient l'hippodrome de l'avenue du Président John Kennedy.

— La première course débute dans un peu moins de quinze minutes, déclara Yves fiévreusement. Je file au paddock flairer l'ambiance, prendre le pouls, et me faire une idée avant de miser. Tu m'accompagnes ?

— Pourquoi pas ?

Autant que je l'aie à l'œil, aujourd'hui, songea Justin. Il est capable de se laisser embobiner par le premier venu, d'y laisser sa chemise et adieu le remboursement du prêt que je lui ai consenti si jamais il gagne. Si seulement je pouvais récupérer mes thunes aujourd'hui, rêva-t-il en le suivant.

Les jockeys qui avaient été pesés évoluaient dans le rond de présentation. Ils semblaient regarder au loin une ligne imaginaire, arborant les couleurs du propriétaire de l'animal, leur buste droit, les cravaches en main, ils étaient prêts à s'en servir aux premières foulées de l'animal, fiers sur leur monture, un véritable arc-en-ciel en mouvement. Certains chevaux étaient nerveux. Ils soufflaient par leurs naseaux de légers nuages qui disparaissaient aussitôt dans l'air vif printanier. D'autres, retenus par leurs lads à l'écart du groupe, attendaient patiemment leurs cavaliers. Et Trémière observait le déroulement des opérations sans en perdre une miette, jaugeant les bêtes, scrutant le moindre front plissé qui signerait l'anxiété du jockey avant le départ de la course, prêtant l'oreille partout au point de ne pas entendre ce que lui disait son compère.

— Oh, tu m'écoutes quand je te parle où tu restes ici à planter racine ?

— Quoi ?

— Il faut y aller si tu veux jouer dans la première. En tout cas, moi, j'y vais. Je monte au guichet.

— Je jouerai à la borne. J'attends le passage du numéro cinq et j'arrive.

— Tu vas miser sur ce tocard ?

— En placé. Un tuyau de dernière minute. Il est à vingt contre un.

— Pas confiance. Je file.

— On se rejoint où ?

— En bas, à la barrière, comme d'habitude.

— Ça marche.

— Ce n'est pas possible ! Il ne changera jamais ! Il a encore écouté un ragot de proprio persuadé que son poulain est un crac et lui, comme un imbécile, il le croit. Adieu le gain de cette course. Je le conseillerai pour les suivantes. Seigneur fait qu'il soit trop tard à la borne quand il va se pointer devant elle, pria Justin en dictant ses numéros à la caissière.

Ticket en main, sourire aux lèvres, Yves rejoignit Justin.

Eh merde ! Il a réussi son exploit. Il a bravé les trente secondes avant la clôture des paris, pensa Dalmasso.

Les boîtes de départ s'ouvrirent. Les chevaux partirent au galop comme des fusées. Les jockeys, culs en l'air, cravachèrent en cadence dans la courbe.

Yves, les jumelles se balançant sur son ventre, agita son ticket par-dessus la lice afin de mieux encourager son favori en cinquième position dans la dernière ligne droite.

— Arrête de gesticuler comme ça. Tu vas finir par lâcher ton ticket sur la piste.

— Rien à craindre, je le tiens fermement. Je fais comprendre au jockey qu'il n'est pas seul.

— Et tu crois qu'il te voit ?

— Il ne me voit pas, il sent ma présence.

Le numéro huit est distancé, annonça le haut-parleur.

— Tant mieux ! cria Yves en levant encore plus haut le bras. Mon cheval passe en quatre. Vas-y ! Fonce ! hurla-t-il en déboutonnant son blouson, découvrant ainsi son pull-over fin Ralph Lauren de couleur vert bouteille.

Yves avait les joues en feu et suait sa nervosité, à la limite de l'apoplexie.

Justin se poussa sur la gauche craignant de s'en prendre une par son copain surexcité qui bondissait de joie en voyant la remontée fulgurante du numéro cinq franchissant le poteau.

— Troisième ! C'est gagné ! Je te l'avais dit. Tu l'as joué ?

— Non. Je n'ai pris aucun risque, j'ai joué le favori.

— Tu aurais dû.

— La prochaine fois, peut-être.

— Tu gagnes quand même, mais petit.

— Pas grave. Je ferais mieux après. L'important, c'est de toucher.

Je préfère ramasser peu et souvent que beaucoup et rarement, et à la fin, c'est moi qui suis gagnant lorsque je fais les additions, pensa-t-il en allant toucher son gain.

Deuxième course, troisième course, Yves Trémière gagnait et misait peu ce qui enflait sa bourse. Dalmasso Justin se réjouissait à l'idée de récupérer une partie de la dette de retour à la maison.

Avant la suivante, Yves aperçut dans les gradins l'homme qu'il souhaitait éviter. D'ailleurs, il avait choisi cet hippodrome en pensant qu'il n'y serait pas, et voilà qu'il risquait de le croiser. Il décida de changer de place. Perturbé, il n'engagea pas un sou dans la quatrième et préféra se replier discrètement en longeant la lice jusque vers le paddock. Il se faufila à travers le flot de parieurs qui se tenaient là et monta au premier par l'escalier intérieur. Arrivé en haut, il appela Justin sur son téléphone portable.

— Putain ! Où tu es ? Je te cherche partout.

— Je suis allé pisser, mon vieux. Je suis devant les guichets. Je laisse passer les drivers. Les sulkys, je n'aime pas. Je connais moins leurs performances, annonça-t-il en connaisseur.

— Bouge pas de là, j'arrive. Moi non plus, je n'ai pas misé. Je passe.

Dans la cinquième, Yves gagna, dans la sixième, il perdit, râla que la chance avait tourné et qu'il ferait mieux de partir maintenant avant de se retrouver à zéro. Justin essaya de le dissuader car, lui, au contraire, était en veine. Il voulait continuer, au moins la septième dont l'enregistrement n'était pas clos. Pure perte. Yves ne démordait pas. Il le convainquit en lui glissant des billets dans la poche de sa parka.

— Tiens, prends, c'est une avance sur ce que je te dois.

Argument irréfutable. Dalmasso consentit à quitter le paradis des turfistes.

Ouf, pensa Yves Trémière. Je l'ai échappé belle.

6

Il était à peine 16 heures, il faisait beau, un dimanche après-midi agréable. Elle avait enfin atteint son but.

Elle avait menti à son père. Elle avait changé l'horaire de son billet de train sur l'internet. Elle partirait à 18 h 14 au lieu de 16 h 45. Elle rentrerait vers 21 heures et attraperait le bus de la ligne « Dijon, Chevigny Saint Sauveur » au vol.

Natalia avait chronométré à la seconde près son trajet pour le retour. Elle avait largement le temps. Elle sortit le sandwich du sac plastique rose, un jambon beurre qu'elle avait préparé après le service, et mordit dedans à pleines dents. Tout en mâchant, elle avança dans l'allée, offrant son visage blafard au soleil, et plus elle s'approchait des différents bâtiments du haras « Trémière », moins elle les reconnaissait. Elle s'attendait à ce qu'ils aient changé, mais pas à ce point-là. Les toitures paraissaient s'être affaissées sous le poids des ans. À travers le feuillage des thuyas délimitant le parking, elle découvrit une bâche de couleur indéterminée posée sur un des toits en vue d'une réparation future. Quelques tuiles avaient dû s'envoler lors d'une précédente bourrasque, une protection qui devait dater car de la mousse avait réussi à se développer dessus. Elle s'arrêta avant d'être visible, avala sa dernière bouchée, posa son sac à dos par terre, prit la bouteille d'eau minérale qu'elle avait rangée dans la poche extérieure du sac et but à même le goulot. Elle faillit s'étrangler en avalant de travers. Elle détailla mieux ce qu'elle entrevoyait et constata que par endroits, les briques des murs du bâtiment principal n'étaient plus jointoyées. Ce qui avait été un haras resplendissant se décomposait lentement, y compris la magnifique tonnelle d'autrefois qui montrait d'importantes zones de rouille et croulait sous une glycine non taillée dont les branches dénudées touchaient le sol. En revanche, l'habitation du maître des lieux sur la droite, extérieurement, semblait avoir été entretenue, si on passait outre la teinte des volets d'un blanc sale.

Dans ses souvenirs de petite fille, elle entendait les hennissements, là, c'était trop calme. Elle s'étira, ajusta son sac à dos, et reprit sa marche. Lorsqu'elle arriva en vue des écuries, quatre chevaux passèrent leurs têtes à travers l'ouverture de leurs stalles cloisonnées. Elle reconnut de loin le vieux Darkness, la robe toujours bien noire malgré son âge. De part et d'autre de son box, étaient enfermés deux anglo-arabes couleur bai, l'un aux crins lavés et l'autre avec une sorte d'étoile sur le front. Un peu plus loin sur la gauche, l'Anakin de Trémière montra ses naseaux. Elle l'entendit frapper la cloison en bois de ses sabots. Le fougueux cheval affirmait son envie de sortir. Il réclamait la balade quotidienne qu'il n'avait pas eue.

Dans le pré à peine verdoyant broutaient deux pensionnaires, du moins, ce fut ce qu'elle déduisit en les voyant paître. Des chevaux de selle faméliques beaucoup trop vieux pour être monté. Ils avaient le dos creusé par le port continu de la selle. Un jeune homme maladroit en sweat-shirt gris clair, jean et baskets crottés, essayait de faire entrer dans un logement en métal de forme ronde une botte de foin rectangulaire. Il s'acharnait dessus en défiant les lois de la géométrie, titubant sous l'effort sans ralentir pour autant. Celui-là n'a pas inventé le fil à couper le beurre, pensa Natalia en se dirigeant vers lui.

— Excusez-moi, dit-elle en s'adressant au benêt. Je cherche Monsieur Trémière.

— Pas vu aujourd'hui, répondit-il sans se retourner. Faut voir le chef.

— Le palefrenier ?

En entendant le mot palefrenier, Lhuis Eliot lâcha sa fourche et daigna regarder celle qui lui parlait.

— Qui ?

— Celui qui panse les bêtes.

— Je sais pas à quoi il pense ?

Il a éteint l'ampoule. Le circuit est fermé, se dit Natalia.

— Le responsable, celui qui soigne les chevaux.

— Dimitri ?

— Peut-être si c'est toujours lui.

— Il est dans la sellerie. Il cause avec l'autre gars.

Natalia laissa l'adolescent au look de rappeur résoudre son problème de mathématique et marcha vers la sellerie. Lorsqu'elle entra, elle huma un air poussiéreux chargé de moisissures. Ça sentait le vieux cuir, la sueur imprégnée dans les tapis de selle, un matériel délaissé voire inutilisé sur lequel les araignées avaient tissé patiemment leurs toiles. La belle sellerie, la fierté du haras, était devenue un refuge pour les nuisibles et les insectes. Dimitri était en train de réprimander un autre jeune homme.

— Ne te fous pas de ma gueule, Vincent. Tu recommences le boulot. Je n'appelle pas ça récurer. Vas-y avec la pelle et sors-moi ce fumier des boxes avant que le patron ne rentre.

— Ras le bol de charrier de la merde à longueur de journée !

— D'abord, ce n'est pas de la merde, c'est du crottin, et si tu étais consciencieux, tu en aurais moins à enlever à chaque fois. À cause de ta fainéantise, il s'accumule, s'agglomère et forme une croûte qui pèse son poids et colle à la semelle des bottes.

— Y a qu'à les laisser dehors avec les deux autres.

— Tu ne discutes pas et tu exécutes, rétorqua Dimitri en apercevant la jeune fille. Natalia, quelle surprise !

Vincent pivota et siffla son appréciation. Le regard torve de Dimitri le calma aussitôt. L'homme entraîna Natalia vers l'extérieur.

— Quel bon vent t'amène ? Cela fait bien trois ans que je ne t'ai pas vu.

— Depuis le bac.

— Ça ne me rajeunit pas.

— Je viens voir Trémière.

— Yves n'est pas là. Parti, comme tous les dimanches.

— Il revient vers quelle heure ?

— Dieu seul le sait. Il n'a pas d'horaire. Un vrai courant d'air. Il ne ressemble pas à son père, ah ça non. C'était un brave, le vieux Gustave, dévoué et gestionnaire, à l'inverse de son fils. Café ?

— Je ne refuse pas.

Et j'en profiterai pour évaluer l'intérieur de la maison, pensa-t-elle en le suivant.

L'ameublement valait le détour. Les fauteuils en cuir meublant le salon avaient perdu de leur éclat tant ils se fendillaient. Le tapis sur lequel elle s'était assise enfant était mité. À travers les trous, elle distingua le carrelage et les saletés accumulées, preuve que ce superbe ouvrage textile n'était jamais aspiré, ni battu au grand air comme le pratiquait sa grand-mère italienne en s'acharnant avec son battoir en bois sur les nombreuses carpettes. La collection d'amour en biscuit, posée sur la cheminée en marbre qu'elle trouvait trop kitch à l'adolescence, avait disparu. Et il n'y avait pas qu'elle ; il manquait aussi les deux statuettes en bronze. Devant les fenêtres, les voilages autrefois d'un rouge vermillon lumineux tamisant agréablement le salon avaient viré à la teinte cerise pourrissante rendant la pièce lugubre.

Dimitri revint de la cuisine avec un plateau comportant deux tasses, une assiette garnie de biscuits au chocolat, une coupelle remplie de sucres en morceaux et deux petites cuillères. En le posant sur la table basse, elle constata que la marqueterie était rayée, signe d'une maladresse à répétition à l'encontre d'un meuble déprécié. En revanche, la vaisselle n'était pas ébréchée. Au moins, elle ne se couperait pas en la manipulant.

Natalia prit place dans un des fauteuils et savoura l'instant. Tout en dégustant son expresso, son regard s'attarda sur le mur en face d'elle. Le tableau en place ne correspondait pas à celui qui aurait dû être là. La taille du nouveau étant plus petite, la trace du contour du précédent en attestait le fait.

— Où est passé le tableau que j'admirais gamine ?

— Lequel ?

— Celui représentant un cheval avec une meute de chiens.

— Il appartenait à Maud Larson. C'était un tableau ancien, de dix-huit cent et quelques. Elle l'a récupéré lorsqu'ils se sont séparés.

— Dommage, je l'aimais bien.

— Il avait de la valeur. Il paraît qu'il était côté. Il vaudrait cher à la vente d'après elle, soupira Dimitri.

Le soupir qu'il poussa confirmait malheureusement les propos de Diego Fiorentini.

— Ça ne va pas fort, du côté des finances ?

— On a des hauts et des bas, des rentrées en dents de scie comme on dit.

— Plus de bas que de haut, j'imagine.

— Je ne suis pas au courant de tout, mais, oui, je crois que tu peux employer ce terme.

— Cela me semble une évidence. Il n'y a qu'à observer les alentours. Le haras est dans un état de délabrement pas possible. Il nécessite des travaux, non ?

— C'est sûr. Avec l'aide qu'Yves nous procure, on ne peut pas espérer mieux. Que veux-tu que je fasse avec ces gosses ? Tiens, écoute-les. Le Vincent cherche encore la bagarre.

— Celui que j'ai vu tout à l'heure avec toi ? C'est toujours Bernard Michot qui les place ?

— Eh oui, malheureusement, et celui qui est arrivé en dernier est indécrottable. Il joue les gros bras parce que tu es là. Il l'espère t'impressionner lorsque tu vas sortir. Viens, allons-y avant qu'ils ne s'étripent. Pose ta tasse dans le plateau, je débarrasserai ce soir. Écoute un peu comme il gueule.

Effectivement.

Dehors, Vincent Pietrolini se disputait avec le troisième lad, un dénommé Peter Jasper qui arborait un style vestimentaire américain pour coller à son patronyme. Le motif de la dispute concernait le récurage des boxes qui incombait maintenant au jeune Eliot. Celui-ci ne s'était pas rebiffé lorsque Vincent avait profité de l'absence de Dimitri pour mettre, de force, la pelle dans sa main en exigeant qu'il termine le travail à sa place. Devant cette injustice, Peter défendait le faible. Il s'était emparé d'un râteau et menaçait le fou furieux qui jouait les caïds.

Dimitri arracha l'outil à Peter et le tendit à Natalia. Il récupéra la pelle des mains d'Eliot et obligea Vincent, armé à nouveau de ladite pelle, à finir le travail demandé tantôt. Et pour enfoncer le clou, il rentra une brouette vide dans le box, signifiant ainsi au révolté qu'il lui faudrait la remplir suffisamment avant qu'une sanction ne tombe.

L'altercation avait déjà pris fin lorsque l'éducateur Bernard Michot revint de promenade avec sa jument. La bombe avait été désamorcée juste à temps. Il n'y aurait pas de rapport. Une carte dans le jeu de Dimitri pour faire pression sur l'adolescent contestataire, avec un témoin à charge : la demoiselle.

Natalia regarda sa montre. L'autre gars qu'avait évoqué le jeune à la botte de paille, ce devait être lui et non pas le turbulent Vincent. Il fallait qu'elle lui dise quelques mots. Elle décida de rester encore un peu malgré les tensions qui régnaient. Elle détestait la violence et, au fond d'elle-même, elle en avait peur. Elle attendit que Bernard eût mis pied à terre pour entamer la conversation. Ils évoquèrent le passé, parlèrent un peu du présent et beaucoup du futur. Tout en discutant, elle caressa l'encolure de Sultane pendant que le cavalier la bouchonnait. La jument frotta son museau baveux sur l'épaule de la jeune fille, quémandant une gourmandise. Elle lui tendit une carotte. Bernard lui suggéra de l'emmener à la gare, ce qu'elle s'empressa d'accepter, car elle avait l'intention de lui soutirer des informations, surtout depuis qu'il lui avait confié qu'il retirerait bientôt Sultane du haras. Pourquoi ? Elle tenait à en savoir plus. Elle s'attarda à papoter en bons amis, faisant fi de l'heure.

7

En définitive, je suis arrivée en avance à la gare grâce à l'ami de Papa et j'ai pu grimper dans le train à l'horaire prévu. Peut-être que je n'aurais pas dû avaler ce second café à la brasserie en attendant que le numéro de la voie soit affiché sur le tableau. Ce maudit expresso va me tenir les yeux ouverts, telle une noctambule, et je ne vais pas réussir à m'endormir. Misère de misère. Tant pis, ce qui est fait, est fait. Je ne peux pas revenir en arrière. Tiens, une fois n'est pas coutume, c'est tranquille dans le wagon, les gens ne parlent pas à voix haute, je vais en profiter pour finir mon bouquin maintenant.

Natalia posa le marque-page sur ses genoux et commença à lire. Malgré ce calme relatif, sa matière grise avait dû mal à comprendre les mots. Elle n'était pas concentrée. Les phrases flottaient dans un univers de semi-conscience, là où la réalité se perdait dans les songes. Monde parallèle. Elle songeait au week-end passé, à ce qu'elle avait appris concernant les finances du restaurant et se culpabilisait de ne pouvoir remédier à ce tracas. C'était pire que le pire des scénarios envisagés. C'était un scénario catastrophique dans lequel son paternel, principal acteur, s'engluait dans les sables mouvants des factures accumulées. Elle désirait tant le soulager de ces maux qu'elle en arrivait à se sentir inutile, une charge, une bouche à nourrir. Concernant sa mère, il y avait belle lurette que le père et la fille avaient fait une croix sur la pension alimentaire. Elle les avait quittés sans fournir d'explication. Point à la ligne. L'oubli total. Et il avait fallu s'en contenter. Elle devait trouver une solution, et vite, sinon elle serait capable d'arrêter ses études sur un coup de tête et elle s'en mordrait les doigts par la suite.

Une connerie, se dit-elle. Et Papa ne doit pas sombrer. J'ai remarqué qu'il n'allait pas fort. La déprime pointe le bout de son nez. Je n'ai pas envie de revivre une telle situation, je l'ai vécue petite. Les images sont inscrites dans un coin de ma cervelle et elles ne s'effaceront pas de sitôt. Merci Maman ! Je vais envisager des stages rémunérés au cours des prochaines vacances. Cela rapportera plus que de remplacer la serveuse. J'aurais des références à inscrire sur mon CV, ce qui ne sera pas négligeable par les temps qui courent. Le boulot, c'est la jungle, alors autant commencer sans tarder à se battre contre les adversaires. Dès le mois de juin, les étudiants, toutes catégories confondues, se précipiteront sur le marché en quête d'un remplacement sympa, alors, autant que ce soit moi qui franchisse la ligne d'arrivée la première. Papa sera sûrement d'accord, il n'objecte jamais depuis que nous sommes deux à faire front contre l'adversité. On se serre les coudes, on affronte ensemble les épreuves, du moins, c'est ce que je croyais jusqu'à aujourd'hui. Enfin, mon pauvre Papa, dès demain, j'établirai une liste d'employeurs potentiels correspondant à ma spécialité. J'évalue la probabilité d'être retenue à un sur cinq en considérant mes résultats aux partiels et ma licence en Droit mention bien. Je reste optimiste. J'enverrai donc une trentaine de CV tous azimuts. Il faut ratisser large, aujourd'hui, paraît-il, pour avoir des chances d'être prise.

Résolution prise, Natalia se détendit, et à force de se détendre, bercée par le ronron du train, ses paupières devinrent lourdes et elle finit par s'assoupir. Vingt minutes après, elle s'éveilla brusquement. Elle avait les mains moites. Des frissons parcouraient son corps. Elle s'essuya les paumes sur son jean.

Drôle de rêve. J'étais en train de courir et j'avais l'impression d'être suivie. J'étais arrivée au studio, j'avais rangé mon linge propre dans l'armoire et j'avais laissé mes cours sur mon bureau. J'avais mis ma tenue préférée : mon corsaire noir avec mon coupe-vent assorti, mon pull fin et mes chaussures de running rouges. Je portais la montre que Papa m'a offerte à Noël avec son chronomètre incorporé et j'avais mon lecteur MP3 dans les oreilles. Mes foulées étaient légères, légères, c'était à peine si je touchais le sol. Je sentais un air frais entrer dans mes poumons, pourtant, je n'avais pas froid. J'avais emprunté le chemin qui part vers la forêt après le stade. J'aime courir à cet endroit. Le parcours offre un dénivelé pas désagréable avec de nombreux sentiers escarpés, s'enfonçant sous les frondaisons. Je n'avais pas de lampe frontale, une erreur, car je n'y voyais guère et je m'en voulais d'avoir été aussi bête. Je sais que ma posture était bonne, pas trop courbée ni ramassée, que mes bras se balançaient en rythme, et que mes jambes atteignaient le sol proche de la verticale. Je savais que j'avais progressé en ayant fourni un effort régulier depuis quelques semaines pendant l'entraînement, car je consultais régulièrement le cadran durant la course. Le cardio était bon, la vitesse aussi, et, pourtant, j'étais mal à l'aise. Je n'avais pas d'explication véritable, juste un ressenti. C'est ce qui a dû provoquer mon réveil. On peut dire que mes divagations m'entraînent loin cette après-midi. Une fatigue nerveuse, je pense. Heureusement pour moi, je n'ai somnolé qu'une vingtaine de minutes sinon jamais je n'aurais pu terminer ce bouquin d'ici ce soir. À bien y réfléchir, avec ce surplus de caféine, l'idée de jogger en rentrant n'est pas si mauvaise. Une course à la belle étoile. Cela me permettra d'avoir un sommeil récupérateur, j'en ai fichtre besoin. Bon, maintenant que je suis reposée, à ma lecture pendant encore une petite heure.

8

Gilbert Grand, un homme de taille moyenne âgé de 53 ans, à la barbe peu touffue, des cheveux gris ondulant sur la nuque, aux yeux cerclés de noir par une monture assez fine en métal, il était myope et presbyte, vêtu d'un gros pull à torsades en pure laine vierge bleu marine et d'un jean aux ourlets effilochés, s'attardait dans la serre en polycarbonate malgré l'heure tardive. Le septième jour de la semaine s'effilochait sous les étoiles. Le réveil bleu suspendu à un crochet indiquait vingt heures, il n'avait pas dîné, il se consacrait à son hobby. Retraité de la gendarmerie, refusant une position d'homme inactif, il avait endossé le métier de détective et s'évadait de son quotidien au milieu de ses bonsaïs et de ses orchidées, une passion qu'il cultivait amoureusement. Au début du printemps, il fallait tailler les jeunes pousses avant qu'elles ne soient trop envahissantes et ne compromettent pas les magnifiques ports de ces arbres miniatures, alors, il taillait en écoutant la Polonaise numéro huit de Chopin, la « Fantaisie » émise par sa radio cassettes. Il l'avait, lui aussi, suspendu à un crochet et l'avait coincé entre l'étagère du haut et le toit de la serre afin d'éviter la moindre vibration, ce qui aurait nui à la qualité du son. La serre était chauffée par un poêle à pétrole dont l'odeur ne l'incommodait pas vraiment, il s'y était habitué depuis qu'il fonctionnait. Il maniait la paire de ciseaux avec délicatesse, le geste emporté par les notes de musique, monologuant en effeuillant partiellement le micocoulier de Chine qui était éclairé par une lampe de bureau arrimée à une table en fer de couleur blanche. Cette robuste plante lui avait été offerte par sa sœur, son aînée de cinq ans, lorsque cette dernière avait terminé son noviciat, raison pour laquelle il vouait à cet arbre miniature une attention toute particulière. Il le surveillait de près, son bonsaï. Il l'aimait, son micocoulier. Cet amour entraînait des soins excessifs à la moindre feuille jaunie, ce qui n'était pas le cas ce soir. Il ligatura une branche et rangea ses outils dans le tiroir de la table. Il continuerait dans la semaine. Demain, il allait démarrer une surveillance en vue d'un constat d'adultère bien qu'il ait spécifié à sa cliente que ce genre d'intervention était désuet. La femme ne s'était pas laissé convaincre, elle réclamait justice pour un honneur bafoué et ce constat, selon son avocat, serait un atout dans son jeu lorsqu'il déposerait la requête en divorce pour faute. Cette preuve d'infidélité pèserait dans la balance lors de la confrontation devant le juge, d'où la surveillance.

En jetant un coup d'œil sur la graduation affichant la quantité de pétrole dans le réservoir du poêle, Gilbert calcula à la louche les décilitres qui restaient. Il estima qu'il y en avait assez pour deux ou trois jours. Il le remplirait plus tard. Avant de quitter les lieux, il vérifia la température au thermomètre mural scotché sur le poteau à droite de la table. Dix-huit degrés Celsius en début de nuit. Correct. Il souleva le loquet de la porte de la serre et la referma, traversa le jardin, racla ses semelles sur la grille et pénétra dans le garage. Il tira le lourd volet en bois, tourna le verrou à bouton et enclencha les deux à baïonnette, puis il entra dans la cuisine par la porte de communication qu'il ferma à double tour derrière lui.

Juste comme il se déchaussait, le téléphone sonna. Une chaussure à la main, il boita jusqu'au combiné. Il décrocha tout en enlevant sa deuxième chaussure, une périlleuse action prouvant encore sa vitalité. En chaussettes, il se dirigea vers le salon salle à manger. La maison n'étant pas grande, il y fut en quatre enjambées.

— Allô ? dit-il en s'installant dans le canapé d'angle de couleur taupe.

— Gilbert, c'est Diego à l'appareil.

— Comment vas-tu depuis lundi ?

— Pas terrible. Tu as mangé ?

— Non, j'allais me réchauffer la soupe aux micro-ondes.

— Oublie ta soupe, je n'ai pas eu grand monde à souper, il y a des restes pour deux. J'avais prévu un plat du jour qui n'a pas eu un franc succès. Des calamars farcis au poulpe accompagnés d'un riz blanc, ça te dit ?

— Dans ce cas, j'arrive. Un tel plat ne se refuse pas.

— Je mets le couvert en haut. Sonne en bas, je t'ouvrirai.

— Pas de problème. Je suis là dans un quart d'heure.

Le timbre de sa voix est d'une tristesse à mourir, nota Gilbert en raccrochant. Il a le bourdon pour m'inviter après la fermeture du restaurant, c'est sûr. Les restes ne sont qu'un prétexte. D'habitude, il congèle. Toi, mon ami, tu veux te confier. Tu as un poids sur la conscience qui t'empêche de digérer ton repas de midi avec ta fille. À moins qu'elle ne soit pas venue. C'était prévu, seulement, les jeunes, ils changent souvent d'avis et modifient leurs emplois du temps. Cela a pu le contrarier.

Il attrapa son pardessus noir et son fidèle chapeau en feutre gris sur le perroquet de l'entrée, dédaigna l'écharpe, garda sur lui ses vêtements du dimanche et s'empressa de sortir. Il actionna les volets roulants et l'alarme, déverrouilla sa voiture, une Citroën C3 de couleur noire, mit le moteur en marche, appuya sur le bip du portail automatique et partit.

Il se gara dans une rue adjacente à celle du restaurant. C'était désert. On distinguait les lueurs bleutées des téléviseurs allumés dans les appartements aux alentours. La vie se déroulait ailleurs, un monde calfeutré où la sortie dominicale du soir était bannie. Il sonna, entendit le déclic de la porte et entra.

— Je suis en haut ! Grimpe !

La table était déjà dressée dans la salle à manger. Une salle à manger, pur modèle Ikéa : table ronde en pin avec ses quatre chaises, un meuble bas laqué blanc avec des photographies de Natalia posées dessus la figurant depuis sa naissance jusqu'à sa réussite au baccalauréat, elle tenait son diplôme face à l'objectif, un autre d'une taille moyenne aux portes vitrées, accrochés aux murs deux posters de Dali figurant les montres molles, une paire de rideaux opaques gris perle tirés occultant la fenêtre sur rue.

Diego avait monté les plats d'en bas, conservés au chaud sous les cloches.

— Assieds-toi et mangeons avant que les calamars ne refroidissent.

Gilbert tira une chaise. Il attendit que son ami se décide à parler. Son visage aux traits anxieux prouvait qu'il avait eu raison de venir.

— Je me suis disputé avec Natalia, confia-t-il d'un trait.

— À quel sujet ?

— Elle a appris pour Trémière. Je lui avais demandé de passer en espérant qu'il me rembourserait et, au lieu de ça, il s'est invité. Il a bouffé gratis. Je n'ai pas osé le mettre dehors connaissant la dèche dans laquelle il se trouve. Elle l'a vu, n'a fait aucun commentaire, mais, le soir, elle a cherché sa note.

— Aïe !

— C'est la tuile. Je ne sais pas quoi faire. J'ai seulement avoué le tiers de la somme qu'il m'a empruntée afin d'atténuer sa colère, et depuis, je n'ai pas de nouvelle. Je sais qu'elle va souvent courir avant la nuit. Je n'aime pas qu'elle le fasse, mais elle ne m'écoute pas.

— Les jeunes sont ainsi.

— Oui, tu as raison, mais pourquoi ne m'a-t-elle pas téléphoné en rentrant ? Déjà qu'elle habite dans un bled paumé à dix kilomètres de Dijon sous prétexte que c'est moins bruyant qu'en ville, que c'est moins cher et qu'elle étudie mieux au calme, ce silence, ce n'est pas normal.

— Attendons encore un peu. Il n'est pas si tard.

— Passé vingt et une heure ?

— Écoute. Nous allons patienter encore une demi-heure et si nous n'avons pas eu d'appel, nous aviserons. Tu es d'accord ?

— Si tu le penses.

Diego se leva, abattu.

Gilbert l'aida à débarrasser les couverts et les assiettes. Il le suivit dans la cuisine de l'étage. Petite et fonctionnelle, elle était équipée de plaques électriques, d'une hotte aspirante, d'un four à chaleur tournante, d'un réfrigérateur top, d'un lave-vaisselle, de placards Bordeaux dont deux hauts et un bas avec tiroir, et des spots au plafond. Sur le plan de travail en marbre noir se trouvaient une bouilloire électrique en inox brossé et un grille-pain rouge tous les deux reliés à une prise, un pot contenant des cuillères en bois de différentes formes, un rouleau à pâtisserie et un assortiment de couteaux.

Gilbert rangea scrupuleusement la vaisselle dans les compartiments appropriés, ne dérogeant pas à sa maniaquerie habituelle, il en possédait un identique à la maison. Puis il prépara les mugs pour la tisane, refusant le café italien si prisé des touristes. Diego, d'un geste lent, ouvrit un des placards du haut et sortit les sachets de verveine alors que l'eau avait fini de bouillir depuis un moment. Avec leurs tasses à la main, ils retournèrent dans la salle à manger. Ils soufflaient tous les deux sur leur breuvage lorsque le téléphone portable du cuisinier oublié sur la table émit un signal. Diego se précipita. En s'emparant de l'objet, il renversa sur la nappe la verveine infusée. Gilbert alla chercher une éponge.

— Elle vient de m'envoyer un SMS. Elle n'avait pas vu l'heure. Elle rentre au studio. Elle dit qu'elle n'est pas très loin, que je ne dois pas m'inquiéter.

— Tu lui as répondu.

— Je lui ai écrit que j'étais content qu'elle aille bien. Que voulais-tu que je lui envoie ? Je n'allais pas lui écrire que ce n'était pas prudent de partir courir à la nuit tombée, elle connaît mon point de vue sur le sujet. Je n'allais pas le lui rabâcher encore une fois, ni lui ressasser mon angoisse de père couvant sa fille. Elle fait toujours son jogging après les cours, même l'hiver. Quelle gamine !

— Ce qui est important c'est d'avoir eu de ses nouvelles.

— Oui.

— Et si nous parlions de comment récupérer ton pognon avec Trémière ?

— Là, c'est une autre histoire. Si tu as une idée, je suis preneur.

Gilbert et Diego s'installèrent dans le salon jouxtant la salle à manger, une pièce aménagée par Natalia avec profusion de coussins sur le canapé en suédine vert d'eau trois places, un tableau abstrait dans un dégradé de vert accroché au-dessus, deux fauteuils crapaud assortis de part et d'autre d'une table basse vert bouteille, un téléviseur à écran plat posé sur un meuble bas laqué beige dans un angle et un imposant palmier dans l'autre. Ici aussi, les rideaux occultant étaient gris perle.

Diego, prévoyant une longue discussion, décida d'allumer un feu dans la cheminée. Il froissa le papier journal, disposa le petit bois dessus ainsi que deux bûches et craqua une allumette. Il patienta devant l'âtre tout en manœuvrant l'avaloir jusqu'à ce que la fumée ait complètement disparu, le conduit tirait mal. Chacun dans un fauteuil, les jambes étirées vers la douce chaleur, les deux amis débâtirent de l'affaire jusqu'à ce que la fatigue les contraigne à aller se coucher ; l'un, de suite, quant à l'autre, dans une vingtaine de minutes, temps imparti pour rejoindre sa demeure.

Le détective Gilbert Grand s'écroula d'épuisement et de tristesse à Laines aux Bois tandis que Fiorentini tarda à s'endormir à Sainte Savine.

9

J
Reviens ici Orka, criait désespérément Marguerite dans le bois de la Combotte ce mardi matin.

Bon sang de bonsoir, grommela-t-elle, pourquoi est-ce que j'ai détaché cette bête ? Elle est têtue comme une mule. Elle est partie dans les fourrés et je vais mettre un temps fou pour la trouver.

Orka, où es-tu passée à la fin ? Ça suffit, on doit rentrer à la maison. Comment veux-tu que je puisse te suivre là-dedans avec ma canne ? Tu n'as pas perdu tes antécédents de chien de chasse pour un cocker acheté dans un élevage. Il n'y a pas de lapin dans ces bois et pas de perdrix non plus, je peux te l'affirmer, alors tu reviens ici. Je vais devoir te brosser en rentrant, démêler tes poils et te laver les pattes. Je n'ai pas envie de prendre un rendez-vous chez le toiletteur, tu y es allée il y a quinze jours à peine. Ça coûte, un toilettage. Comment veux-tu que j'arrive à boucler le mois avec ma petite retraite ? Tu veux que je te dise, je te gâte trop. Elles ont raison, Juliette et Madeleine. Orka ! Maintenant, je vais m'énerver si tu ne reviens pas de suite !

Madame Gauthier Marguerite s'époumonait tout en frappant sur les branches aux abords du chemin, espérant faire surgir son animal de compagnie. Elle hésitait à s'aventurer dans cet enchevêtrement peu amène. Elle aspirait, en cet instant crucial, à rencontrer une personne compatissante qui lui aurait ramené sa chienne sauf que l'espoir qu'il se concrétise était faible. À huit heures trente, les travailleurs étaient au boulot, les joggers retraités pas encore là, et c'était trop tôt pour les autres promeneurs de la race canine qui préféraient, de loin, marcher vers quinze heures plutôt qu'aux aurores, comme elle, cheminant quel que soit le temps de la saison. Froid : elle avait son manteau en laine doublé à l'intérieur, ses gants, son bonnet et son écharpe. Chaud : elle s'en accommodait, pantalon en toile légère et chemisier à manches longues à cause des moustiques et des aoûtats. Pour se protéger de la pluie : elle avait sa capeline. Contre le vent : elle n'avait rien, elle luttait contre. Et aujourd'hui, elle avait justement son chaud manteau récupéré au pressing le lundi après-midi. Elle n'avait en aucun cas prévu de le salir, même pour Orka, Orka qui occasionnait un tel remue-ménage que les animaux de la forêt étaient tous aux aguets.

Une merlette lança l'appel désespéré de la femelle protégeant le nid qu'elle consolidait en vue de la prochaine ponte, des œufs qu'elle couverait fin mai. L'oiseau était en train d'entrecroiser des brindilles avec de la mousse récupérée par son mâle autant effrayait qu'elle. Elle poussait des cris stridents dans l'unique but de faire déguerpir l'indésirable prédateur à quatre pattes qui n'aurait jamais dû se trouver là. En éclaireuse, elle prévenait les autres du danger.

Les escargots, craintifs, rentrèrent dans leurs coquilles à défaut de s'enfuir.

Les araignées, subissant le carnage, pestèrent contre ces oreilles mal intentionnées qui avaient détruit leurs filets à insectes, les condamnant à tisser de nouveau une solide toile.

Les fourmis, tout juste remontées à la surface de la terre, paniquèrent à l'idée de recommencer leur longue file indienne en direction du cadavre de ce gros scarabée qu'elles avaient déniché avec moult difficultés car la fourmilière avait faim, les réserves ayant été épuisées durant l'hiver.

Orka ! Orka ! Sale bête qui n'écoute rien ! Il va falloir que je prenne mon courage à deux mains et que je m'aventure dans ces maudits buissons aux branches épineuses grouillant de bestioles. Autant avancer dans un champ de ronces, chaussures salies et bas filés à l'arrivée. Je te remercie, Orka !

Madame Gauthier récupéra sur le sol un bâton à l'apparence solide malgré le lichen qui le recouvrait.

— Orka ! Où es-tu ?

— Ouah ! Ouah !

— J'arrive, mon bébé ! Où te caches-tu donc ? Je t'entends, mais je ne te vois pas ?

La chienne sortit d'un fourré en ayant dans la gueule un objet de couleur bleue.

— Qu'est-ce que tu me ramènes encore comme cochonnerie ? Fais voir à maman.

— Grrr !

— Sois sage. Donne à maman.

Babines retroussées, Orka secoua la tête et repartit d'où elle était venue avec sa trouvaille. Pas question de lâcher le trophée.

Attends que nous soyons à la maison, tu vas m'entendre ! Tu m'obliges à te courir après, à mon âge, avec ma patte folle ! Il ne manquerait plus que je tombe et que je me casse le col du fémur. Je resterai sur place, transie de froid et affamée jusqu'à ce que les pompiers me délivrent de mon calvaire. Heureusement que j'emporte toujours mon téléphone portable avec moi par sécurité. On me dit prudente à l'excès. J'aimerais bien les voir, les copines, en ce moment. Elles ne piperaient pas, ou bien elles se moqueraient de moi qui n'aie pas tenu ma chienne en laisse. C'est certain que je ne me vanterai pas de mon exploit tout à l'heure au club des vieux.

— Grrr ! Ouah ! Ouah !

— Maman arrive, Orka ! Je suis là mon bébé !

Madame Gauthier, en appui sur sa canne, repoussa avec le bâton une branche de houx qui lui barrait la voie. Elle passa sous les branches d'un conifère et se figea. Devant elle se tenait la petite cocker qui avait laissé choir son butin et qui reniflait maintenant une forme en partie dissimulée sous un tas de feuilles, le vent en ayant éparpillé une grande quantité. Elle avait la truffe sur des baskets rouges. Les deux bras et la jambe droite étaient visibles de là où se tenait la vieille dame, une Marguerite autant pétrifiée qu'elle était ébranlée par la vision. Tremblante de tous ses membres, elle avança vers la chose. Elle toucha du bout de sa canne un des pieds. Pas de réaction. Elle sortit la laisse et son téléphone portable de la poche de son manteau, se pencha au-dessus d'Orka et l'attacha.

Au moins, tu ne vagabonderas plus. J'aurai l'esprit serein.

Elle recula tout en étranglant la chienne qui refusait de bouger. Elle vérifia le réseau. Négatif.

— Viens, Orka. Il faut qu'on appelle les secours.

— Grrr !

— Ne fais pas l'imbécile ! Ce n'est pas le moment ! Si tu es sage, tu auras une récompense à la maison.

En entendant le mot récompense, la chienne remua la queue et consentit à marcher devant sa maîtresse en empruntant un sentier étroit, mais aisément praticable, moins ardu que précédemment, et qui débouchait directement sur la voie principale à trois cents mètres environ. Estimation approximative.

De temps à autre, la vieille dame s'arrêtait, reprenait sa respiration et levait un bras en quête de réseau. En haut de la côte, elle souffla quelques minutes et regarda l'heure, neuf heures quarante-cinq au cadran de la montre, puis son téléphone, deux barres pour la réception. Suffisant. Elle ôta son gant et tapa sur le chiffre un suivi du huit. Elle raconta avec force détails sa mésaventure et termina son récit par la macabre découverte. Fin de la communication. Elle était forcée d'attendre seule après ce qu'elle avait vu. Cela ne l'enchantait guère.

Peu rassurée, à l'affût telle un chasseur, écoutant les bruits environnants qui confirmeraient l'arrivée imminente des sauveteurs, elle patienta malgré son irrésistible envie de rentrer chez elle. Elle marcha de gauche à droite et d'avant en arrière sur le chemin jusqu'à ce qu'elle soit épuisée par cette randonnée d'une dizaine de mètres et qu'elle finisse par s'asseoir sur une grosse pierre.

Tu vois, Orka, tant que je bougeais, je ne ressentais pas ce petit vent frais qui me frigorifie. Je me gèle les fesses à présent. Quel malheur que tu te sois échappé. Je suis clouée ici et Dieu sait pour combien de temps encore, se lamenta-t-elle en observant Orka qui tirait sur ses poils dans le but de se débarrasser d'un crampon. À ton avis, est-ce qu'ils seront là bientôt ? J'ai téléphoné, il y a plus d'une demi-heure.

À ces mots, le cocker se dressa sur ses pattes.

— Ouah !

— Reste tranquille, Orka ! Tu n'iras plus gambader ce matin, ça, je te le garantis !

— Ouah !

— Mais qu'est-ce que tu as encore ?

La chienne avait entendu ce que sa maîtresse n'avait pu ouïr en dépit du réglage maximal de ses sonotones. Les hommes du feu arrivaient en ligne droite lorsque Marguerite reconnut les trois uniformes.

— Ah ! Enfin, vous voilà !

— Nous avons fait aussi vite que nous pouvions, ma brave dame, répondit le gradé en posant à terre le brancard. Merci de nous avoir attendus. Où se trouve le blessé ?

— Là-bas, répondit-elle en pointant de l'index un lieu indéfini. Vous n'avez qu'à prendre Orka, elle vous montrera où. C'est elle qui l'a trouvé, elle vous y conduira, quant à moi, je reste ici, j'ai déjà eu du mal à remonter la côte, alors, une seconde fois, sans façon.

Le gradé examina la sente au dénivelé en pente douce, la canne et les chaussures de ville. Il approuva les dires et ordonna à son collègue Pascal de tenir compagnie à la promeneuse. Marguerite confia, avec un pincement au cœur une Orka qui jappait au bout de la laisse, heureuse de prolonger son vagabondage. La maîtresse regarda s'éloigner son animal de compagnie, déçue par une attitude qui ne manifestait aucun signe d'affliction à l'abandonner sur-le-champ.

— Quelle ingrate ! Regardez comme elle est contente de partir !

— Ce n'est qu'un chien.

— Qui m'a causé bien du souci en étant un chiot. Figurez-vous que…

Pascal hochait la tête de temps en temps, émettait un « ah, çà » d'approbation tout en scrutant la remontée des collègues pendant que son interlocutrice discourait.

Vingt minutes à entendre blablater une Madame Gauthier qui était intarissable sur son sujet de prédilection avant de revoir son supérieur.

— Alors ?

— Ce n'est pas de notre ressort. J'ai laissé Fabien garder le corps. On remporte le matos et on prévient le capitaine Dupuis. Tenez, je vous rends votre chien. Accompagnez-nous, vous serez au chaud dans le camion.

— Ah ça non ! Je refuse de rester une minute de plus ! Je ne compte pas perdre la matinée en paperasserie ! Dans les séries télévisées, les gendarmes font remplir un tas de formulaire et je suis sûre qu'ils vont agir de cette manière.

— Vous vous expliquerez avec eux, et ce ne sont pas les gendarmes que nous contacterons en arrivant au camion, Madame, c'est la police.

— C'est du pareil au même, que ce soit à la gendarmerie ou au commissariat. Je ne rate pas une série le dimanche après-midi, alors, vous pensez bien que je suis au courant de la procédure et des questions posées. Pourquoi étiez-vous à cet endroit ? Avez-vous remarqué quelque chose de suspect ? Est-ce que c'est vous qui avez marché dans la boue ? Un autre témoin ? Etc. Etc. Alors, me direz-vous…

Haussant les épaules, le gradé déguerpit en vitesse, droit devant.

Pascal, compatissant, adopta son pas à celui de cette grand-mère récalcitrante qui s'épanchait en litanies. Il reprit son hochement de tête.

10

J +1

Tôt ce mercredi, avant que les bigotes du quartier ne viennent confesser les péchés qu'elles commettraient dans la semaine, Gilbert Grand avait élu domicile sur le parvis de l'église Sainte Thérèse de Lisieux à Châlons-en- Champagne. Adossé au contrefort, il avait troqué sa veste et sa cravate, son pantalon à pinces et ses souliers pour une tenue mieux adaptée à la situation. Il s'était habillé avec les frusques qu'il avait achetées sur le marché de la ville voisine à un stand de friperie, histoire de ne pas être reconnu ce qui aurait nui grandement à sa mission. Le plan savamment élaboré aurait été voué à l'échec.

Afin de jouer son rôle à fond, il n'avait pas hésité à déchirer la poche de la doudoune et avait maculé cette dernière d'huile de vidange pour l'odeur. Il avait coupé le bas de son jean en s'acharnant dessus, puis l'avait roulé dans le terreau destiné à ses plantations. Un bonnet enfoncé jusqu'aux oreilles, une grosse écharpe autour du cou, des mitaines aux mains d'où s'échappaient des ongles crasseux mal limés, des chaussures de chantier acquises sur l'internet à un prix défiant toutes concurrences et bien moins chères qu'au supermarché, un récipient en plastique posé devant lui, il ressemblait à n'importe quel clochard, un déguisement parfait. Il était repoussant et sentait mauvais, ce qui n'avait pas empêché les passants de lui lancer une piécette en guise de charité chrétienne au même titre qu'ils auraient lancé un os à un chien galeux. D'ailleurs, au début de la matinée, un SDF était venu lui demander si la place était bonne en désignant les oboles reçues. Il n'avait pas osé le contredire, approuvant en secouant les pièces, celles qu'il avait lui-même mises avant de démarrer la surveillance dans l'intention d'attirer le client, il jouait vrai lorsque le contexte le réclamait.

Le détective ne quittait pas des yeux l'entrée de l'hôtel située en face de lui. Le point de vue était stratégique. La méthode testée pour la première fois s'avérait efficace du côté du stratagème, mais, en revanche, elle comprenait un bémol : ne pouvant quitter les lieux, il n'avait pas la possibilité d'aller se soulager. Il avait donc exclu les boissons diurétiques au petit-déjeuner. Pas de café, ni de thé, juste un chocolat et encore, la moitié du mug. Il avait misé sur la durée des performances au lit du mari selon les précisions de la conjointe : une partie de jambes en l'air rapide. Affirmative dans ses précisions, Madame Giroux avait rassuré le détective au cours de leur entretien initial. Monsieur, gérant d'une agence immobilière, s'absentait au maximum quarante-cinq minutes après avoir donné les consignes à la secrétaire. Ensuite, il communiquait avec elle par SMS durant les visites que réclamait le métier.

Sa cliente étant la plaignante, institutrice de profession, elle se décrivait comme étant une épouse dévouée autant à son conjoint qu'à ses élèves, croyant aux institutions y compris les religieuses à l'opposé de cet homme volage dont elle n'avait pas su discerner auparavant cette sexualité non assouvie. Elle ne s'absentait jamais, était rarement malade, toujours partante, volontaire envers son prochain. En bref, une femme exemplaire dont l'exemplarité rigide avait émoussé le ménage en une dizaine d'années. Problème : à dix heures, il commença à avoir faim.

Je ne m'attarderai pas, ici, le ventre creux, en risquant l'hypoglycémie, s'agita Gilbert sur les pavés centenaires. J'aurais dû emporter une barre énergétique dépourvue de son emballage, une de celles que consomment les sportifs et je l'aurais dévoré discrètement à moitié dissimulée dans la manche.

En conclusion, Madame Giroux s'était fourvoyée sur l'horaire.

L'affaire aurait dû déjà être close sauf que Monsieur avait assurément modifié son planning en le calquant sur celui de sa maîtresse. Pas de bol.

Vers onze heures, après avoir été trois heures assis le cul par terre sans remuer un cil Grand éprouva le besoin de se dégourdir les jambes. Il se leva et tapa des pieds. Ce fut à cet instant précis qu'il vit le couple illégitime sortir d'une Golf grise stationnée sur le parking public. Ce n'était pas celle de l'agent immobilier. Le modèle et la couleur étant quelconques, la voiture n'avait pas attiré son attention lorsqu'elle s'était garée. Il dégaina son téléphone portable, zooma, et shoota en rafales les deux tourtereaux en train de s'embrasser avec effusions devant l'entrée du nid d'amour. C'était dans la boîte, il n'y avait plus qu'à espérer que cela ne durerait pas longtemps. Il faillit se rasseoir lorsque la musique du film « Le Parrain » retentit. Il décrocha aussitôt.

— Salut Diego.

En guise de réponses, il eut droit à une avalanche de mots entrecoupés de sanglots.

— Parle moins vite, je ne comprends rien à ce que tu me dis.

Redoublement des pleurs.

— Il dit qu'elle est morte, sûrement dans la nuit de dimanche à lundi ! Ça ne peut pas être vrai, Gilbert, n'est-ce pas ? Il se trompe ?

— De qui tu parles ? Qui est mort ?

— Il est devant moi. Je te passe le capitaine. Il paraît que tu le connais.

Abasourdi, le détective s'affaissa. Il renversa la boîte plastique au passage. Les pièces roulèrent vers le caniveau, un euro se logea dans une fente du bitume ; il ne chercha pas à la récupérer.

— Il dit que je dois venir avec lui pour reconnaître le corps. C'est un cauchemar, Gilbert. Je ne crois pas un seul mot de ce qu'il raconte. Ce n'est pas possible. Elle était à la maison dimanche. On lui a parlé le soir, tu étais avec moi.

— Calme-toi. Je te rejoins à l'IML.

— De quoi tu parles ?

— La morgue, si tu préfères.

— Je le suis ?

— Oui, il le faut.

— Maintenant ?

— Oui. Je serai là. Je raccroche. On se retrouve là-bas.

Gilbert appuya sur le symbole rouge. Communication terminée. Il rangea son téléphone, ramassa les pièces et son récipient. La surveillance était terminée. Il reviendrait un autre jour.

Il contourna l'église, s'engagea dans une rue à sens unique, tourna à gauche, vérifia que personne ne l'avait suivi, sortit les clés de sa voiture, ouvrit la portière et démarra.

La faim ne le tenaillerait pas à midi. Les paroles de Diego lui avaient coupé l'appétit.

11

Grand fonçait sur la route nationale, écrasant la pédale d'accélérateur de sa Citroën C 3. La gomme accrochait l'asphalte. La vitesse lui évitait de penser au drame. Il s'accrochait au faible espoir que son ami, le capitaine Jacques Dupuis, son collaborateur lorsqu'il était encore en fonction dans la gendarmerie et amoureux de sa sœur, la religieuse infirmière, au point de s'être fait tatouer un caducée sur son avant-bras gauche qu'il n'avait jamais fait enlever, même après son mariage et la naissance de ses deux enfants, ait pu se méprendre quant à l'identité de la victime. Par commodité, le corps avait été rapatrié sur Troyes.

Après avoir parcouru douze kilomètres exactement en conduisant comme un fou, il avait regardé son compteur. Il avait levé le pied afin de ne pas dépasser la vitesse réglementée sous peine de récolter une prune, et des prunes, il en avait dans son panier autant que des points enlevés sur son permis. Maintenant, il faisait gaffe bien que la conduite pépère soit moins excitante.

Roulant moins vite qu'au début, il se souvint de ces mots prononcés à voix basse sous le ton de la confidence. D'après ce que lui avait raconté Dupuis, le patronyme avait été communiqué par l'opérateur du téléphone portable, un vieux smartphone de la marque LG retrouvé sous les basses branches d'un boqueteau, une antiquité robuste qui n'avait guère été endommagée. L'écran avait quelques rayures pas réellement significatives ; elles n'avaient pas convaincu le capitaine. Gilbert s'était engouffré dans la faille que le doute avait créée chez son ami dans les forces de police. Ces rayures ont pu être occasionnées à n'importe quel moment, avait objecté Gilbert. Natalia a pu le perdre en courant dans les bois n'importe quel jour et pas forcément celui du drame. Le détective s'était accroché à cette idée un instant jusqu'à ce que sa suggestion soit vite réfutée par une argumentation sans faille : si chute, il y avait eu, et c'était peu probable, l'écran aurait été cassé, point final. Dupuis penchait pour un déplacement du corps après l'analyse succincte des indices que son cerveau avait enregistré : des traces sur le sol qui étaient celles d'une charge tirée ou bien traînée ; des branches cassées sur le passage qui n'avaient pas retenu de poils de bêtes sauvages, on ne pouvait donc pas les incriminer des dégâts occasionnés ; d'un emplacement piétiné sur un cercle d'environ trois à quatre mètres de rayon ce qui expliquait l'amas de feuilles recouvrant le cadavre que le criminel, pressé d'en finir, l'officier de police penchait pour un homme, avait récolté aux alentours en détruisant les indices tel un ramasseur de champignons qui « saccage ton coin favori » avait-il précisé en insistant sur les mots saccage et coin favori, fais-moi confiance, je sais de quoi je parle, j'y vais chaque automne ; des empreintes de godasses inexploitables, il en avait dénombré beaucoup ; et, surtout, de la marque sur le cou mettant en évidence la strangulation. Le fait d'avoir découvert le cadavre en dehors de la voie principale semblait indiquer que le meurtrier s'accordait du temps. Dans quel but ? Quel mobile ? Dans l'immédiat, il n'avait pas de réponse à cette énigme. En revanche, il ne pensait pas qu'elle avait subi des violences sexuelles, car la jeune fille n'avait pas été déshabillée. Elle portait une tenue de jogging noire, laquelle, à son avis, n'était pas très judicieux pour courir la nuit. La marque sur son front était celle d'une lampe frontale qui avait atterri dans le buisson certainement après un choc. Le mobile du meurtre ne devait pas être le vol, car les objets emportés conformes aux coureurs étaient toujours sur elle, c'était à confirmer cependant, car il n'avait pas trouvé de clés. Cambriolage post-mortem ? Selon lui, le téléphone portable avait dû bêtement glisser sans que le meurtrier s'en soit aperçu, ou, deuxième solution, l'attaque s'était produite pendant que la jeune fille tapait le message sur son clavier, inattentive à ce qui l'entourait. Surprise par son agresseur, elle n'avait pas réussi à le neutraliser. Hasard de la rencontre ? Avait-elle été suivie par un « détraqué » ? Est-ce qu'il y avait un rapport avec l'autre joggeuse étranglée il y a un mois dans la forêt communale longeant la Marne ? L'enquête le dirait. Le reste avait été un jeu d'enfant de savoir où vivait le père, le dernier message communiqué par l'opérateur avait été celui adressé à Diego. En revanche, Dupuis ne se prononçait pas sur l'arme tant que le légiste n'aurait pas fourni son rapport définitif.

Le regard morne, la lèvre tremblotante à force de retenir les larmes qui perlaient aux bords de ses paupières, Diego se tenait sous le porche les bras ballants. Il regardait au loin, plissant le front, cherchant une silhouette connue parmi des formes inconnues, des êtres invisibles, des fantômes du présent. Il esquissa un faible sourire lorsqu'il comprit qui était ce clochard avançant vers lui tout en le dévisageant.

Empli de compassion, Gilbert donna l'accolade à ce pantin désarticulé qu'était devenu son ami le cuisinier.

Le capitaine Dupuis, bel homme à la cinquantaine mesurant dans le 1 m 80, avec une barbe de trois jours et les traits tirés conséquences d'une nuit blanche, il accumulait les gardes par manque d'effectif, lâcha sa cigarette au bout incandescent, l'écrasa sous la semelle élastomère de ses Derby, toussa et serra la main de son ami détective en hochant la tête. Tous trois entrèrent dans l'institut médico-légal, surnommé l'antre de l'horreur par nombre de policiers.

Lumière blafarde diffusée par les néons, salle aseptisée empestant l'eau de javel mêlée à celle du chloroforme et autres odeurs indéfinissables, mobilier en inox reluisant sous le scialytique, boîte de gants en latex et lunettes en plexiglas traînant sur le plan de travail, goutte d'eau s'échappant du robinet de l'évier, voici toutes les choses que retint Diego lorsqu'il pénétra dans la salle. Il demeura figé sur place, l'attention déviée, évitant de regarder le drap déplié sur la table. Gilbert lut l'incompréhension sur le visage du père. À le voir ainsi en retrait, Dupuis saisit, lui aussi, que l'homme était paumé. On le saurait à moins.

Les pensées de Diego s'embrouillaient dans cette pièce glaciale.

Un film est joué en ce moment et quelqu'un m'a confondu avec un acteur. Je signifierai à ces gens que je ne fais pas partie du casting, qu'on m'a traîné de force par mégarde, et je repartirai comme je suis venu. On se confondra en excuses en invoquant une regrettable erreur d'homonyme concernant mon nom et on me raccompagnera à la porte d'entrée. J'irai avec Gilbert boire un coup dans le café d'en face. Je commanderai une boisson forte qui me requinquera dès la première gorgée, une de celle qui vous fait tousser et vous étrangle tellement son degré d'alcool est élevé. On s'assiéra tous les deux à une table proche de la fenêtre et on finira par rire de la bévue, doucement au début, pas trop fort, par pudeur, pour ne pas gêner les autres consommateurs, puis viendra le rire franc en frappant la table du plat de la main, faisant sauter les tasses à café et les verres à liqueur. Ensuite, nous quitterons le bistrot et nous irons déjeuner, c'est le jour de la fermeture. Je décongèlerai des restes, les réchaufferai aux micro-ondes et nous nous attablerons, l'un en face de l'autre. À treize heures trente, j'appellerai Natalia. Je brancherai le haut-parleur. Gilbert sera à mes côtés. Il écoutera ma fille. Je discuterai avec elle avant la reprise de ses cours. J'invoquerai un motif insignifiant pour ne pas l'inquiéter. Je lui dirai que je passerai la voir dans la soirée, que j'avais à faire dans le coin et que je l'embrasserai avant de rentrer à la maison.

Les doigts de Grand posés sur son épaule le ramenèrent brutalement à la réalité.

Le légiste leva le drap. Le calme qui suivit remplaça les mots. Le trio sortit.

12

Après le coup de massue qu'il avait reçu à la morgue trois heures auparavant, Diego Fiorentini s'effondra devant Dimitri Froissart sans aucune retenue, refusant la collation qu'il lui avait proposée à son arrivée, y compris la traditionnelle tasse de café offerte en bienvenue dans la plupart des foyers sur cette planète lorsque vous en franchissez le seuil passé 15 heures. Il s'était résolu à rencontrer Yves Trémière dans l'unique but de remédier à son problème financier. Comment allait-il payer les pompes funèbres ? Il n'avait rencontré que le vide de l'absence. Aujourd'hui, le maître du haras avait déserté.

Fauché, le propriétaire de ce domaine autrefois rutilant avait déniché un nigaud d'agriculteur qui allait lui fournir de la paille à crédit. Le paysan habitait à une soixantaine de kilomètres. C'était suffisamment près pour pouvoir faire un trajet en une journée à la vitesse de vingt-cinq kilomètres à l'heure avec le tracteur, et c'était suffisamment loin pour que son aura d'emprunteur malveillant ne le précède. Ne pas pâtir des ragots justifiés dans le milieu des courses hippiques. Selon le contrat discuté par téléphone, le paiement de la marchandise s'effectuerait en espèces à quatre-vingt-dix jours. Une seule condition avait été stipulée par le naïf : que Trémière vienne chercher la paille directement à la ferme. Condition acceptée d'emblée en dissimulant l'enthousiasme. Yves avait battu le fer tant qu'il était chaud, car, d'expériences, cela risquait de ne pas se représenter de sitôt. Du black à si peu d'exigence, c'était du pain béni pour un profiteur de première. Il avait donc fait péter le moteur du vieux Massey Ferguson rouge. Il avait attelé la remorque de huit mètres de long, il avait prévu large, il chargerait un maximum en entassant les meules les unes sur les autres quitte à les écraser en sanglant.

Plan, plan le tracteur, sur les routes départementales.

Yves Trémière n'était pas prêt de rentré au bercail.

— Le côté positif de ce déplacement, déclara Dimitri, c'est que les chevaux ne crèveront pas de faim. Ils boufferont de la paille à défaut de foin. C'est déjà ça. Il y a belle lurette que les stocks de granulés très nourrissants à base de céréales, d'oligoéléments et de vitamines sont épuisés. Les sacs servent maintenant de sacs-poubelles. Te rends-tu compte, Diego, de sacs-poubelles ! Le vieux Gustave doit se retourner dans sa tombe.

Dimitri évitait les allusions au décès de Natalia. Avec tact, il noyait le poisson dans un verbiage banal sachant que le cuisinier avait tendance à déprimer. Avec la mort de sa fille, la chute du moral risquait d'être vertigineuse. Il ne tenait pas à l'enfoncer davantage avec des paroles blessantes. Il ne souhaitait pas être celui qui le maintiendrait la tête sous l'eau dans ce lac engendré par tous les chagrins du monde où se débattaient les dépressifs. Il dédramatisait donc la situation tout en respectant la tristesse de son hôte en affichant un faciès de circonstance. Entre deux échanges verbaux, il restait à l'écoute, il compatissait.

— Je ne le verrai pas cette après-midi.
— J'en ai bien peur.

— Et dans la soirée ?

— Si la transaction se déroule comme prévu et si aucun incident ne se produit sur le parcours, il devait être là aux environs de dix-neuf heures.

— Pas avant ?

— Je ne crois pas.

— C'est tard.

— Je comprends.

— J'ai des dispositions à prendre. Tu lui diras que je suis passé.

— Tu peux compter sur moi. Je lui ferai part de la sombre nouvelle.

— Dis-lui de me téléphoner dès qu'il rentrera, même en début de nuit, c'est important.

— Ce sera fait. Besoin d'aide ?

— Ça dépend pour quoi ?

— Pour les obsèques.

— Oh, ça…, répondit Diego en prenant congé.

Dimitri réfléchissait debout dans le salon. Il jugeait le comportement du père étrange.

La douleur n'excusait pas tout. D'un côté, l'univers du restaurateur s'était écroulé avec la mort de Natalia, et, de l'autre, il avait l'air de ne pas comprendre ce qui était en train de lui arriver. Il se recroquevillait petit à petit dans une bulle dans laquelle les événements extérieurs ne semblaient pas l'atteindre. Il s'enfermait dans un état illusoire où l'absurde évidente réalité n'existait pas. Un déni ? Un refuge ?

Dimitri était encore plongé dans ses réflexions lorsqu'il entendit une portière claquer, puis deux, puis trois, puis des paroles échangées sur un ton péremptoire en provenance de la cour. Il avait oublié le rendez-vous avec l'éducateur. Il alla l'accueillir.

— Salut Michot. Clément t'accompagne ?

— Salut Dimitri. Oui, il décharge la nourriture de Sultane. Je te présente Wang Li, ton nouvel apprenti. Son prénom, c'est Li, et son nom de famille, c'est Wang.

Le palefrenier détailla celui qui le regardait droit dans les yeux sans ciller. Un round d'observation. D'emblée, le rapport de force s'instaurait entre le nouveau et celui qui le commanderait dorénavant.

Un caractère fort dans un corps musclé. Un adepte des « pompes » et des « abdos » qu'il pratique à domicile, on dirait. Il s'efforce à avoir le regard perçant de l'aigle qu'il accentue en plissant les paupières. S'il croit que je vais tomber dans le panneau de l'Asiatique pure souche. Encore un qui se prend pour un Ninja, ça promet, et il ne cesse de remuer. Nerveux ou en manque, le môme ? Pas ravi d'être là ? Mais à qui la faute ? Ces gosses de la rue s'imaginent toujours qu'ils peuvent régner en toute impunité dans leurs quartiers en défiant la loi. Encore un qui mettra ma patience à l'épreuve. Parfois je me demande pourquoi je reste ici à leur inculquer le respect de l'autre au lieu de penser à remplir mon dossier de retraite avec mes années de service vis-à-vis des étalons et des saillies ; pourquoi je continue à débourrer des poulains qui seront vendus à des acheteurs peu scrupuleux du bien-être de l'animal, mais forts avides du fric qu'ils leur rapporteront sur les pistes des champs de courses. Enfin, voyons un peu ce que Li a dans le ventre.

— Je le prends en charge. Je l'emmène faire le tour du domaine tout en lui expliquant ce que j'attends de lui concernant le travail à fournir.

— Quant à moi, je vais aider Clément, répondit Bernard en lui tendant le dossier de Wang Li.

— Ensuite, nous parlerons. On se retrouvera dans le salon dans une petite demi-heure. Le premier arrivé attendra l'autre. J'ai des choses à vous dire, à toi et à ton fils.

— Au sujet de la jument ?

— Non. Je vous expliquerai.

13

Grand s'était changé : jean, chemise caramel, cravate chocolat, pull en V marron, manteau en poil de chameau, souliers de la marque Timberland marron glacé aux pieds. Il admirait les vitraux datant du seizième siècle dans la chapelle. Au soleil couchant, les lueurs bleutées du ciel encadrant la vierge adoucissaient la nuance claire des chaises paillées, et les étoiles dorées évoquant la Voie lactée se reflétaient sur les murs en une myriade de points. La robe blanche de Marie, signe de pureté, s'était colorée en une teinte orangée, légèrement rosée, nimbant gracieusement son visage. Dans ce lieu paisible coupé du monde extérieur, Gilbert attendait sa sœur parmi la dizaine de paroissiens en train de chanter le Magnificat. Les vêpres ne tarderaient pas à se terminer. Il savait que trente minutes après la fin de l'office, le couvent fermerait l'édifice sacré jusqu'au lendemain. Le frère et la sœur auraient peu de temps à consacrer à leur rencontre, à moins que la mère supérieure ne l'autorise exceptionnellement à s'attarder sachant que la sollicitation serait marquée d'une gravité solennelle : un décès.

Fin des prières échangées. Murmures. Les corps se dépliaient et se dirigeaient vers la sortie.

Le silence reprit possession des lieux après le passage des fidèles. Seule flottait encore dans l'air une subtile odeur d'encens. Sœur Agnès ramassa les feuillets oubliés sur les chaises. Elle avançait dans les travées, sa robe noire effleurant le dallage en pierres usées par les galoches des siècles précédents. Arrivée à l'avant-dernière rangée, elle reconnut l'homme à côté du bénitier.

— Gilbert ! Quelle joie de te voir avant dimanche !

— Ma grande sœur, j'ai bien peur que ta joie ne se transforme en affliction. Je suis le messager de mauvaises nouvelles.

— Dans ce cas, accompagne-moi jusqu'à la salle.

Gilbert suivit la religieuse de l'ordre des clarisses à travers le dédale de couloirs.

Le voile de sœur Agnès ondulait au rythme des pas feutrés. Elle rentra une mèche rebelle de cheveux gris sous sa guimpe blanche. Elle ouvrit la porte de la pièce réservée à l'accueil des pèlerins, une salle dépourvue de fioriture qu'égayait dans un angle une statue en bois polychrome de Saint Pierre.

Table basse rectangulaire avec plateau en marbre blanc. Trois fauteuils et un canapé formant un ensemble en suédine bordeaux. Voilage crème à la fenêtre. Carrelage beige au sol. Vaisselier en merisier.

Gilbert tira le siège vers sa sœur. Elle lui prit les mains, attentive à la confidence.

— Qu'avais-tu de si important à me dire, mon frère ?

Tourner sa langue sept fois dans sa bouche avant de parler est un proverbe ayant toute sa dimension en des moments pareils, pensa Gilbert. Il respira à fond et lâcha tout de go : « Natalia est morte ».

Trois mots sans tourner autour du pot. Sœur Agnès encaissa en émettant un « oh » qui en disait long sur la surprise.

— Elle était malade ?

— Non.
— Elle a eu un accident ?
— Non plus.
— Et ?

Gilbert se lança en enjolivant les phrases du mieux qu'il put.

— On pense qu'elle a été agressée dimanche soir en pratiquant son jogging par un individu qui pourrait être celui recherché depuis deux mois dans les environs de Dijon.

— C'est une bien triste histoire que tu me contes. Je prierai pour le repos de son âme. Comment va son père ?

— Mal depuis ce matin, un pénible mercredi à supporter.

— Mes prières iront pour lui aussi. Crois-tu qu'elle a souffert ?

— Comment le savoir ?

— Comment est-elle morte ?

— Étranglée.

— Seigneur ! Deux vies brisées en un seul acte. Les ténèbres envahissent le quotidien ; on regarde sans voir ; on écoute sans entendre. Elles se répandent telles une traînée de poudre. Est-ce que tu participes à l'enquête, Gilbert ?

— Non.

— Qui s'en occupe ?

— Le capitaine Dupuis.

— Notre ami Jacques Dupuis ?

— Je n'en connais pas d'autre.

Sœur Agnès ferma les yeux. Gilbert crut qu'elle se recueillait.

L'évocation du nom avait réveillé le passé. Elle se rappela sa jeunesse. Jacques avait été un amoureux transi. Paupières closes, elle se remémora les regards langoureux que le garçon posait sur elle, leurs fous rires au bord du lac l'été de ses vingt ans, leur complicité au cours de soirées entre amis. Elle aurait pu s'engager à fonder une famille avec lui, être mère, seulement, il y avait eu l'appel de Dieu, cet appel auquel elle n'avait pu résister. L'amour divin avait été plus fort que l'amour terrestre. Au lieu d'épouser Jacques, elle avait commencé son noviciat. Elle avait vingt-trois ans, lui en avait vingt. Elle venait d'obtenir son diplôme d'infirmière. Il avait espéré qu'elle renoncerait à ses vœux puis, il n'avait plus rien espéré, elle avait épousé le Christ. Les deux tourtereaux de l'époque ne s'étaient pas revus depuis. Presque trente années à parcourir les lointaines contrées au service des démunis, des esseulés et des malades, le plus souvent en Afrique, ponctuées par les visites de Gilbert avant de regagner la terre natale. Quatre ans maintenant qu'elle avait intégré la congrégation troyenne. Allait-elle le rencontrer ? Les pénibles circonstances s'y prêteraient-elles ? Comment réagirait-il en la voyant en habit de nonne ? Avait-il enfin compris son choix depuis qu'il était mari et père ?

La méditation s'acheva.

— La date de l'enterrement a-t-elle été fixée ?

— Jeudi en huit, pas avant, à cause des investigations qui ne sont pas terminées.

— Au lieu de se plaindre de l'obscurité, mieux vaut allumer la lumière. Le Seigneur nous envoie des épreuves à chaque étape de notre vie. Certaines sont plus difficiles à supporter que d'autres, la perte d'un enfant en est une.

Gilbert buvait les paroles apaisantes de sa sœur. Il en avait toujours été ainsi au cours de son existence, d'où ses escapades à l'étranger pendant ses congés annuels. Aujourd'hui, c'était facile de lui rendre visite pendant les heures d'ouverture de la chapelle, et il en abusait. Elle réussissait à chasser les images sanglantes des crimes jusqu'à ce qu'elles s'évanouissent. Elle annihilait l'emprise du mal en quelques mots. Elle était son remède et sa drogue.

— Je serais avec vous jeudi.

— Je le dirai à Diego. Il appréciera.

— Si tu as besoin de parler, tu n'as qu'à venir.

— Je sais.

— Alors, à jeudi.

Gilbert regarda s'éloigner la frêle sexagénaire tandis que la sœur portière le raccompagnait vers la sortie.

Dehors, le ciel s'était soudainement chargé de nimbus à l'image de son humeur maussade. De grosses gouttes de pluie commencèrent à s'abattre sur la ville. Il enfonça son chapeau en feutre gris jusqu'aux oreilles, celui qu'il portait quelle que soit la couleur de ses vêtements, remonta le col de son manteau, et se dépêcha d'atteindre le parking. La tempête annoncée par les météorologues durerait une partie de la nuit. Ceux-ci avaient prévu un vent violent en provenance des pays nordiques avec des rafales à quatre-vingt-dix kilomètres à l'heure. La température risquait de chuter. Les classiques giboulées de mars. Il songea à la serre en montant dans sa voiture. Il en contrôlerait la température en arrivant et vérifierait la fermeture des vasistas et de la porte.

14

J +9

Huit jours de cauchemars entremêlés de larmes.

Huit jours à hurler sa douleur au monde.

Huit jours à tourner en rond dans le restaurant comme un hamster dans sa roue sans l'ombre d'une amélioration de son humeur maussade jusqu'à être confronté à la réalité, ce jeudi.

Il pleuvait par intermittence et les parapluies inclinés face au vent offraient l'avantage de masquer les visages endeuillés. Ils étaient peu nombreux autour du cercueil, seulement les proches, un désert relationnel comparé à celui de Gustave Lévy six ans en arrière. Le cœur n'étant pas aux réjouissances, même les Soriano, les clients du restaurant de longues dates, ne s'étaient pas déplacés. Il y avait donc dans le cimetière pour accompagner Natalia dans sa demeure finale en cette matinée pluvieuse, en ne comptant pas les fossoyeurs avec leurs pelles à l'abri sous l'auvent, Bernard Michot sans son épouse, l'infirmière anesthésiste ayant été réquisitionnée d'urgence par l'hôpital à cause d'un carambolage sur l'autoroute A5 impliquant un camion et trois voitures, des blessés polytraumatisés à opérer immédiatement, Yves Trémière, Gilbert Grand et sœur Agnès, les grands-parents paternels Fiorentini épuisés par dix heures en place assise dans un wagon surchauffé en provenance de Milan ; du côté maternel personne, ce qui ne surprenait pas puisque la belle-famille, les Lehmann d'origine alsacienne, avait suivi l'exemple de leur rejeton, la mère de Natalia, en s'expatriant eux aussi ; et Diego.

Diego qui avait l'air d'avoir vieilli de dix ans en moins de deux semaines. Avec son dos penché en avant à contempler le bout de ses boots qui lui écrasaient les orteils faute de ne pas les chausser souvent, ses épaules rentrées et son regard terne, il ressemblait à ses géniteurs : un couple de petits vieux ratatinés perdus au milieu d'un dédale de tombes et de pots de fleurs qui s'interrogeaient encore quant à leur venue dans un endroit pareil ; un enfant ne devait pas mourir avant ses parents, cela bouleversait l'ordre chronologique du principe vital établi sur terre.

La voix du prêtre égrena les mots emplis de douceur devant la boîte en sapin et poignées en plastique, des mots pas réconfortants pour deux sous.

Gilbert orienta le parapluie de façon à observer son ami le cuisinier. À l'expression qu'il affichait, il sut que Diego se foutait du discours de l'ecclésiastique, cela ne lui rendrait pas sa fille. Le père, tout de noir vêtu, regardait fixement la croix en bois blanc, plantée devant le trou, une modeste croix pour une concession trentenaire, la pérennité de la chose serait envisagée après, il aurait le temps de se consacrer aux démarches. Le prénom « Natalia » avait été calligraphié dessus, à main levée d'une manière fort jolie, en lettres anglaises de couleur dorée. Les deux morceaux de bois assemblés furent aspergés par l'eau bénite provenant du goupillon agité avec vigueur par le prêtre zélé qui arrosa en même temps le cercueil et le monticule de terre accumulée sur la droite.

Il a failli nous doucher aussi, pensa Gilbert. Comme si nous n'étions pas assez mouillés avec la flotte poussée par ce vent. Il jeta de nouveau un coup d'œil à son ami.

Grand craignait que Diego ne se jette lui aussi dans la fosse à l'instant décisif quand ces messieurs des pompes funèbres descendraient la bière. Ce dernier, stoïque, ne broncha pas d'un poil lorsque les croque-morts remontèrent les cordes, plièrent les tréteaux et se signèrent en partant.

La cérémonie touchait à sa fin. Sœur Agnès s'approcha avec son bouquet de lys blancs et roses, elle avait transgressé la recommandation : ni fleurs, ni couronnes. Elle le planta au pied de la tombe. Un délicat parfum se répandit dans l'air. Les fleurs exhalaient une senteur printanière s'accordant mal avec l'humeur morose environnante.

Diego toucha Le Bras de la religieuse en guise de remerciement et recula de quelques mètres, considérant que la religieuse invoquerait mieux l'éternel que lui. Dieu, Jésus-Christ ou n'importe quel être divin dans l'univers, il leur vouait une haine féroce depuis le meurtre de Natalia, une haine qu'il ne dissimulait pas, ils lui avaient pris son unique enfant, c'était impardonnable.

Gilbert profita de ce moment pour le soutenir pendant que Trémière discutait à voix basse avec les grands-parents.

L'enquête piétine, exposa Diego sur un ton agacé. J'ai beau m'enquérir des avancées, je ne récolte que des « ça progresse » qui ne me satisfont pas. J'ai besoin de savoir, de me projeter vers une condamnation, vers un procès dans les règles de l'art, de voir ce salopard dans le box des accusés, de lui cracher à la figure, or, me répondre que l'instruction suit son cours, je trouve que c'est se foutre de ma gueule. Tu en penses quoi, toi ?

Gilbert ne s'attendait pas à une telle déclaration. Avec sa sœur, ils avaient envisagé différentes attitudes concernant leur ami en discutant dans la voiture tout en suivant le corbillard, mais pas celle-là. Il en fut décontenancé.

— J'ai eu Dupuis au téléphone mardi pour boucler le constat d'adultère de demain matin. Nous l'avons évoqué. À l'heure actuelle, ils ne sont sûrs que de deux choses : l'heure de l'agression entre 21 h 30 et 22 heures, et une corde de guitare en acier comme arme. Il se retint de dire qu'en plus de la corde le criminel avait fait usage de ses doigts pour l'étrangler, la petite avait dû se débattre et il l'avait achevée par cette méthode, le larynx broyé et les pétéchies démontrés le procédé, des traces que Diego n'avait pas remarquées à la morgue, le légiste avait rapidement rabattu le drap, et qui avaient été masquées ensuite par l'embaumeur avant d'exposer le corps dans la chambre mortuaire.

— C'est tout ?

— Oui.

— Je t'engage.

— Comment ça ?

— Je veux que tu retrouves son assassin. Tu es détective, oui ou non ?

— Oui, mais de là à court-circuiter la police…

— A-t-elle appréhendé l'autre agresseur depuis qu'il le recherche ? Non. Et ce n'est pas nouveau qu'un détective se met en chasse pour le compte d'un client, quelle que soit la demande, non ?

— Cela pourrait être une prérogative, je parle au conditionnel, bien sûr.

— J'en conclus que tu es avec moi sur ce coup.

— J'en parlerai demain à Dupuis.

— Tu sais, je ne tiendrai pas longtemps sans avoir quelque chose de concret.

— Je te dis demain, affirma Gilbert en le prenant par l'épaule. Rejoignons-les, maintenant, sinon ils vont se demander ce que nous sommes en train d'élaborer en secret.

Trémière et Michot conversaient maintenant à l'écart tandis que sœur Agnès soulageait la peine des deux vieux en citant des passages bibliques.

Avant de repartir chacun de son côté, Grand jugea utile de donner sa carte de visite aux deux visiteurs qu'il ne connaissait pas jusqu'à aujourd'hui, et leur réclama les leurs. N'ayant pas ce genre de produit sur eux, il enregistra dans ses contacts téléphoniques les coordonnées de ces deux hommes si importants aux yeux du restaurateur.

Le détective, de par son expérience d'ancien gendarme, ne perdait jamais de vue que, dans ce genre de meurtre, celui qui avait agi n'était pas forcément un inconnu, c'était souvent quelqu'un de l'entourage, de la famille, un voisin peu vertueux qu'on ne soupçonnait pas et qui s'avérait être l'auteur de l'acte. Il orienterait sa recherche en ce sens.

15

J +10

Comment je le définirai ? Un mari radin, mieux un grippe-sou qui a des oursins dans les poches, je vous le dis sans arrière-pensée. Vous pouvez me croire sur parole. Durant nos années de mariage, en dehors de Noël et de mon anniversaire, pas un bouquet de fleurs acheté sur le marché un dimanche, pas de restaurant non plus depuis des lustres, et cette avarice s'est accentuée dès que nous avons construit la maison avec l'excuse qu'il faut économiser à cause du crédit. Soi-disant que la banque nous étrangle avec les mensualités, mais Monsieur, il le trouve, l'argent, dans mon dos, pour emmener ces pouffes dans des hôtels miteux. Vous avez carte blanche pour le coincer. Je serai partie une semaine entière chez ma sœur, nous l'avons convenu toutes les deux, il aura le champ libre. Il n'ira pas à l'hôtel, je connais les habitudes pingres du bonhomme. La souris va danser la Carmagnole au domicile conjugal et assouvira ses pulsions d'animal en chaleur. Surtout, n'omettez pas de vérifier dans quelle chambre il aura forniqué. Si c'est dans la nôtre au lieu de celle réservée aux copains, je balance le matelas par la fenêtre et je brûle les draps ; en revanche, si c'est dans le salon sur le canapé en cuir trois places qui m'a coûté un bras, j'achèterai une crème spécifique contre les taches rebelles chez le droguiste, vous voyez ce que je veux dire, et la femme de ménage le nettoiera mercredi prochain. Il ne faut pas exagérer, la haine que je voue à mon « ex » à ses limites. Un euro est un euro, que diable ! Déjà que je ne suis pas certaine qu'il crachera aux bassinets la pension alimentaire pour le gamin qui est au collège. Certes, l'état fournit les bouquins, mais le reste, qui le paye ? C'est ma pomme, car il n'est pas question de ponctionner dans les comptes de l'agence qui lui appartient. Ajoutons à ça que les gosses d'aujourd'hui coûtent cher, entre les fringues, l'ordinateur, la tablette, toutes ces technologies qui leur sont indispensables, et bla-bla-bla, et bla-bla-bla…

Il les entendait encore résonner à ses oreilles ces phrases aigries, ce discours vindicatif, ces paroles fielleuses de l'épouse trahie quand Gilbert éteignit la sonnerie du réveil. L'écran digital affichait 5.30. Il se leva d'un bond en ajustant les lunettes sur son nez. Au front, ce matin, jour J, se motiva Grand en s'habillant.

Je me demande ce que le mari va inventer pour justifier sa coucherie nocturne. Entre ceux qui s'échappent par les fenêtres ouvertes en slips et en chaussettes, et ceux qui se planquent dans les placards, le métier procure de franches rigolades. Je sens qu'on va se marrer avec Jacques.

Vendredi. 5 h 59.

Quartier résidentiel endormi.

Grand avait garé sa voiture le long du trottoir, le serrurier l'avait imité. Appuyés contre la portière de la Citroën, ils aperçurent le véhicule de la police, venant vers eux gyrophare éteint. Grand releva le col de son pardessus. Le serrurier, affublé d'une parka rouge et d'une cotte bleue, souffla dans ses paumes pour se réchauffer.

Poignées de mains vigoureuses.

Le capitaine Jacques Dupuis appuya sur la sonnette du numéro huit de la rue des Cerisiers bien qu'il n'y ait que des platanes alignés tout du long. Le verger avait disparu avec la construction du lotissement.

Une lumière s'alluma à l'étage. Le volet roulant fut actionné. Le rideau bougea. Les hommes en faction dans la rue remarquèrent la silhouette. Quelqu'un était en train de les observer. Le capitaine appuya de nouveau sur la sonnette. Ce fut au tour des volets du bas d'être remontés.

Dans la maison qui se situait juste derrière le groupe, un vieux en robe de chambre et charentaises aux pieds ouvrit sa porte d'entrée et fit sortir son chien, un yorkshire aux poils hirsutes. Les ragots auront fait le tour du pâté de maisons avant midi, commenta un des deux gardiens de la paix.

Monsieur Giroux déclencha enfin l'ouverture du portail automatique.

Le serrurier s'en alla, déçu de n'avoir pu exercer ses talents.

Le capitaine donna ses ordres : les collègues se placeraient l'un au niveau de la baie vitrée et l'autre à l'arrière de la demeure tandis que lui et le détective entreraient. Une précaution certainement inutile, mais cependant nécessaire, au cas où l'idée saugrenue de s'enfuir surgirait d'un coup dans le cerveau de la maîtresse. Procédons au constat, annonça Jacques en s'engageant dans la cour du pavillon.

Pas très frais, l'époux infidèle, pensa Gilbert en découvrant sa proie de visu. Les pieds nus, la chemise ouverte rentrée en vitesse dans un pantalon sans ceinture, un torse poilu grisonnant. Bonjour la dégaine. La nuit a dû être fort courte. Batifolages. Études consciencieuses du Kama-sutra.

Le capitaine exposa le motif de leur visite tout en exhibant la carte barrée « bleu-blanc-rouge ». Giroux se raidit. Un frisson lui crispa les mâchoires, lui fit dresser les quatre cheveux qui survivaient sur son crâne dégarni, et lui donna la chair de poule.

Le coït interrompu par la police fait toujours son effet, songea Grand en souriant.

Au-dessus, des bruits se firent entendre. Chasse d'eau tirée. Une porte claqua. Jacques et Gilbert se regardèrent. Une femme descendit l'escalier, la trentaine, les cheveux mi-longs, maquillée, une jupe courte vert bouteille, une blouse transparente vert clair, des bas résille noirs, des escarpins claquant sur les marches. Elle jeta un regard furibond à son amant, blessée dans son amour-propre par cette intrusion matinale. Connard ! se dit-elle, en passant devant lui. Elle récupéra sa veste et son sac à main sur le portemanteau du vestibule. Elle ouvrit brusquement la porte d'entrée et se retrouva nez à nez devant le gardien de la paix qui lui bloqua aussitôt la sortie. Elle dut se résoudre à reculer vers l'intérieur et à lui décliner son identité, procédure dont elle se serait volontiers passée.

— C'est une amie qui a dormi chez moi hier soir. Ma femme est au courant. Dis-leur, Brigitte, supplia le mari piégé.

— Va te faire foutre ! répondit-elle en communiquant son numéro de téléphone portable à l'agent de police afin qu'il la libérât.

En dépit des protestations de l'époux infidèle, Grand et Dupuis grimpèrent à l'étage après lui avoir montré la requête. Gilbert inspecta la première chambre. Impeccable. Couvre lit tiré. Aucun signe révélateur d'une occupation au cours de la nuit. En revanche, celle du couple légitime attestait qu'on n'y avait pas fait que dormir. Draps froissés. Oreillers aplatis. Les coussins par terre avec le gilet de Monsieur balancé dessus attestaient un déshabillage rapide. Grand posa sa paume sur les draps. À gauche. À droite. Tièdes. Deux corps s'étaient vautrés là, il n'y avait pas l'ombre d'un doute.

Giroux nia d'un bloc avoir cocufié sa femme, répétant d'une voix mal assurée que cette dame n'était qu'une amie qu'il avait hébergée.

Crédibilité nulle.

Dans la salle de bains, de l'eau gouttait à la pomme de douche. La maîtresse avait lavé son corps des effluves lubriques. Les cheveux de la dame sur le rebord du lavabo finirent par entraîner la capitulation. Les trois hommes descendirent.

Le gardien de la paix tendit à son supérieur son calepin contenant les renseignements fournis par la maîtresse. Les photographies enregistrées sur le téléphone du détective achevèrent la résistance de Giroux. Celui-ci referma le portail automatique sous l'œil amusé du voisin. Il était toujours en robe de chambre et charentaises sur son seuil malgré la fraîcheur matinale environnante. Son chien avait une vessie proche de la capacité d'un lac ce matin. Toléré à rester dehors, l'animal profitait de l'aubaine en pissant trois gouttes par-ci par-là dans le jardin.

La salope ! Elle m'a eu en beauté ! ragea Giroux en s'enfermant chez lui. Il procéda à un rapide calcul dans sa tête. Avocat de merde ! Même pas foutu de vous conseiller correctement. Il n'est pas près de toucher ses honoraires avec ce que je vais devoir débourser maintenant.

La délégation fonça boire un café au troquet que le capitaine avait repéré sur le parcours. Affaire conclue.

Grand était satisfait, un dossier bouclé et sa demande acceptée. Il téléphonerait à Diego dans la journée.

16

Le véhicule s'enfonçait dans le sous-bois en suivant une ancienne ligne blanche. Il cahotait en franchissant les ornières causées par les engins de l'O N F. Ben Soussan tremblait à l'idée de voir sur la terre verglacée le spoiler arraché et le pare-chocs cassé de sa magnifique BMW série 3. Le simple fait d'y songer lui donner des palpitations. Il transpirait sur son fauteuil en cuir noir sous l'effort de la conduite hyperconcentrée dans ce terrain accidenté. À chaque trou franchi, il poussait un soupir de soulagement. Il s'épongea le front. Il progressa ainsi, cahin-caha, jusqu'à trouver une clairière avec une cabane délabrée, une table en bois non dégauchi, deux troncs d'arbres abattus servant de bancs et un emplacement suffisant pour garer trois voitures. Il manœuvra de telle sorte qu'il puisse partir sans risquer le dérapage incontrôlé et coupa le moteur. Il récupéra la longue-vue en laiton dans le vide-poches latéral côté passager. Il éprouva une certaine nostalgie à son toucher. Il imagina son père naviguant sur l'océan, bravant les éléments déchaînés, scrutant l'horizon à travers la lentille. C'était à son tour d'endosser le costume de pirate sous les frondaisons. Il remonta la fermeture Éclair de sa parka kaki, enfila ses gants et sortit de la voiture.

D'après ses calculs, il estimait se situer à environ six cents mètres en ligne droite du point d'observation. Il déplia la carte de randonnée, repéra la marque qu'il avait dessinée sur le papier, étudia la topographie, évalua ses chances de réussite à la vue de la flore qui l'entourait, et décida d'avancer droit devant lui, écrasant les fougères et les ronces sur son passage. Lorsque la forêt devint moins dense, il commença à ralentir sa marche, évitant de faire craquer les branches sous ses pas. Avant d'être à découvert, il s'arrêta. Il plaqua son œil droit contre la lunette, ferma le gauche et fit la mise au point. Immobile, il observa l'activité régnant dans les écuries. Il tendit l'oreille. Des hennissements. Les sons s'intensifièrent jusqu'à lui parvenir de façon distincte.

— Sors de là ! hurla Dimitri en se précipitant vers le box.

Darkness ruait, projetant de la paille souillée en direction du râtelier.

— Qu'est-ce que tu lui as encore fait ?

— Merde ! Je n'y ai rien fait à ton canasson ! répondit Li en sortant de la stalle. Il s'est énervé d'un coup, tu piges ?

— Arrête de me prendre pour un con depuis que tu es arrivé !

— Ouais ! C'est toi qui m'accuses de foutre le « darwa » ici alors que je ne suis pas le seul.

Li avait le regard mauvais et la rixe au bout des doigts. Il serra les poings devant les autres apprentis lads qui s'étaient agglutinés dans la cour. Yves Trémière sortit de la maison en entendant le vacarme et se dirigea vers le groupe. En voyant arriver le patron, Li se sentit intouchable. Il releva le menton, bomba le torse, avança d'un mètre en défiant le palefrenier et se campa devant lui en le toisant. Dimitri battit en retraite et pénétra dans le box. Il palpa les postérieurs du vieil étalon. Du sang dans la paume au niveau du postérieur gauche. La coupure n'était pas profonde, les tendons n'avaient pas été atteints.

Ce petit con l'a poussé avec la fourche. Il a dû la lui enfoncer dans la chair et la ruade a fait le reste, conséquence de la coupure.

— Ramène-moi la mallette de soins, Eliot.

Ben Soussan n'entendait plus rien. Calme provisoire avant ou après la tempête ? se demanda-t-il.

Yves était contrarié par ce nouvel excédent de violence. Il avait besoin des relations de Li, le réseau qu'il lui avait communiqué s'était avéré fiable, le jeune le savait et profitait de cette dépendance. Jusqu'à présent, c'était Vincent Pietrolini qui avait endossé le rôle de caïd et Dimitri arrivait à le contrôler, mais avec Wang Li qui s'imposait avec ses provocations continuelles, même Trémière, son patron, avait dû mal à le raisonner et à le canaliser.

Bruit d'un moteur perceptible. Une voiture s'était engagée dans l'allée menant au haras. Ben Soussan se coucha dans l'herbe et rampa sur quelques mètres.

Bernard Michot se gara. Contrôle imprévu ? Yves ne put esquiver l'accolade. Le cavalier qu'était l'éducateur fronça les sourcils en remarquant que Darkness avait un pansement à la patte.

L'œuvre de Li, s'empressa de dire Dimitri en lui serrant la main.

Bernard ravala sa salive. Il ne s'était pas déplacé pour ce genre de broutilles. Il avait une urgence à régler avec Yves. Il attrapa ce dernier par le bras et lui enjoignit de le suivre jusqu'à la barrière.

Ben Soussan se réjouissait dans son coin de cette décision. Les voix portaient dans sa direction. Il demeura à plat ventre, la longue-vue posée devant sa tête. Le nez proche des déjections d'animaux sauvages, il s'efforça de limiter sa respiration, la puanteur des excréments l'irritait.

— Ça fume le joint chez toi, déclara Bernard.

— Tu affabules. On s'en serait aperçu avec Dimitri.

— Les mômes avaient les pupilles dilatées, mercredi. Comment veux-tu que le programme soit efficace ?

— Tu dois confondre avec d'autres gosses.

— C'est cela, prends-moi pour un idiot. On a fumé le pétard ensemble à mon mariage. Tu cultives ou quelqu'un te fournit en herbe ?

— Et où je cultiverai ? Tu vois un champ de cannabis autour de toi ? Pour l'herbe, je n'ai pas le pognon, et en ce qui concerne le foin et la paille, je les achète à crédit.

— Justement, puisque tu en parles. Tu leur en donneras quand du foin aux pensionnaires ?

— C'est prévu.

— Arrête de me berner. Je vais enlever Sultane de ton haras et tu vas me rembourser ce que tu me dois.

Ben Soussan mémorisa l'annonce.

— Je n'ai pas le fric pour l'instant. Je viens de te dire que je payais grâce à un crédit bancaire et les intérêts me coûtent les yeux de la tête.

— Tu me fais chier, Yves ! Quinze mille euros que je t'ai filés, il y a dix mois, sans le dire à ma femme ! J'ai été assez patient ! Maintenant, tu règles ta dette, menaça Bernard en l'empoignant.

Putain ! Quinze mille ! J'ai bien fait de me pointer en fin de semaine. Le hasard est une source intarissable d'où s'écoulent les surprises, pensa Ben Soussan. Regardez-les, ces bâtards, ils en viennent aux mains devant les gamins. Ils ne se gênent pas pour se donner en spectacle ces deux-là. Énervés comme ils le sont, ils n'ont même pas froid alors que je me les gèle.

— Merde ! Lâche-moi ! Je t'ai dit que je te paierai bientôt. Je suis sur un gros coup.

— Si c'est aux courses, fais-moi rire, tu n'as jamais eu de veine !

— Non. C'est un autre plan. Dans moins de deux mois, je te donne ton argent avec les intérêts et avant la banque. Content ?

— Des intérêts, je n'en veux pas. Rends-moi le capital et nous serons quittes.

— Tu as ma parole.

Ben Soussan nota le changement du timbre des voix.

Le ton était redevenu amical, les corps relâchés, le rouquin avait consenti. Les deux hommes partirent vers la sellerie, ignorant les jeunes qui avaient assisté à l'altercation.

Ben Soussan en profita pour se redresser tout en reculant. Il se déplaça avec une infinie lenteur sur la droite et se positionna face au parking du haras. Il ajusta la longue-vue, repéra le logo sur le véhicule de fonction et la plaque d'immatriculation. Il les nota sur un ticket de caisse récupéré dans son portefeuille.

Toi, tu es fait comme un rat. Ton compte est bon, jura-t-il en rebroussant chemin.

17

14 h 45 sur le campus. Grand avait tergiversé un moment avant de mettre le cap sur Dijon après le constat d'adultère. Diego ignorait sa démarche. Ne pas nourrir de faux espoirs.

Gilbert lisait le panneau indicateur de la faculté de Droit avec sa multitude de flèches. Ne trouvant pas ce qu'il cherchait, il en déduisit que le secrétariat devait être au niveau de l'accueil dans l'imposant bâtiment en face de lui. À grandes enjambées, il coupa à travers le parc malgré la pancarte « interdit de marcher sur la pelouse ». Il slaloma entre les pâquerettes aux pétales d'un blanc éclatant, aux étamines jaunes butinées par des bourdons soucieux d'épater la reine des abeilles, dualité d'insectes. L'herbe qui avait lutté contre l'hiver rigoureux était douce en l'écrasant ; elle l'incitait à s'allonger sur elle, à se dorer la pilule aux pâles rayons d'un soleil voilé qui fondait le givre. Il lutta contre la tentation.

Ouverture des portes coulissantes.

Dans le hall d'entrée, il repéra la pancarte au-dessus de la porte indiquant « service administratif ». Il entra sans frapper, consigne placardée sur la porte à l'aide d'un scotch marron assez large semblable à celui servant à fermer un carton de déménagement, consigne écrite en pattes de mouche sur un morceau de papier bleu. Dans la pièce faisant office de bureau et de débarras à en juger le désordre, une secrétaire aux ongles manucurés d'un rouge vermillon tapait sur le clavier de son ordinateur. Sans cesser d'appuyer sur les touches, ni lever les yeux vers l'intrus, elle s'adressa à lui :

— Vous désirez ?

Grand imita la demoiselle et s'abstint d'une formule de politesse.

— Je cherche l'amphithéâtre du cours d'Histoire de l'art des étudiants en master 2.

— C'est après la « B U », au centre 3.

— La bibliothèque ?

— Exactement, répondit-elle en daignant enfin regarder celui qui lui posait la question saugrenue.

— Le professeur enseigne-t-il toujours à cette heure ?

— Attendez, je vérifie.

Elle déplaça la souris.

— Il finit normalement dans dix minutes.

— Très bien. Je vous remercie.

— Il n'y a pas de quoi.

Elle se replongea aussitôt dans sa saisie.

Dehors, Grand se traita d'idiot : quel était le nom du professeur ? À lui de se débrouiller maintenant.

Il examina de nouveau l'imposant panneau indiquant les différentes directions. Un véritable labyrinthe, cette université, pensa-t-il. Ça part dans tous les sens. Si cela continue, il faudra se balader avec une boussole au poignet en guise de montre si on ne veut pas perdre le Nord. Bon. Voyons un peu ce qu'il nous raconte, ce panneau. Pour aller au centre 3, je prends à droite, puis à gauche et encore à gauche et là, je suis devant la bibliothèque, ensuite je tourne deux fois à droite et j'y suis. Si je récapitule, j'obtiens une fois à droite, deux fois à gauche et deux fois à droite. Allez go, Gilbert, et ne t'égare pas.

Il mit plus d'un quart d'heure à atteindre son but. Quelques étudiants descendaient les marches du bâtiment. Il se dépêcha de les gravir. Une porte était entrebâillée au niveau du rez-de-chaussée. Il la poussa. Un homme était debout en train de trier des lettres.

— Oui, c'est à quel sujet ? demanda l'homme d'âge moyen en l'observant, non offusqué par l'inconvenance de celui qui s'adressait à lui.

— Je cherche le prof de...

Gilbert n'eut pas le temps de finir sa phrase qu'il eut sa réponse, comme s'il était naturel de réclamer cet enseignant universitaire et pas un autre.

— Il était encore dans l'amphi lorsque je suis passé le voir. Il discutait avec trois thésards.

— J'y vais. Merci beaucoup.

— De rien.

Gilbert s'empressa de rejoindre l'antre du savoir au premier étage. En effet, au niveau de l'estrade, un homme à la chevelure blanche en costume cravate et nœud papillon conversait avec deux étudiantes au lieu de trois, d'allures sportives en jeans et sweat-shirts, le contraste vestimentaire des générations. Il descendit marche après marche, conscient qu'il perturbait un entretien de la plus haute importance, du moins était-ce ce qu'il pensait sauf qu'à leur hauteur le sujet de la discussion était autre. Le trio s'entretenait à propos des risques encourus sur le campus bien que l'assassinat de Natalia fût en dehors du périmètre de la faculté. Le meurtre était sur toutes les lèvres de ces femmes et demoiselles. Nul doute que ce malaise préoccupait aussi les responsables de la sécurité.

— J'ai surpris par mégarde votre dernière phrase et, étant un ami de la famille travaillant dans la police privée, j'enquête à titre personnel. Est-ce que l'un ou l'une d'entre vous fréquentait Natalia Fiorentini ?

— Pas vraiment, répondit celle à sa droite en pensant que cette personne avait un sacré culot à s'immiscer ainsi. On n'est pas naïve au point de gober ton baratin quand tu nous racontes que tu as pu entendre ce qu'on disait de là-haut.

— On la voyait seulement à la fac, au « resto U » ou à la « B U », ajouta sa copine. Elle habitait en dehors du CROUS.

Le professeur profita de cette incursion pour filer à l'anglaise, emportant ses livres sans les avoir rangés dans sa sacoche. Gilbert le vit se démener à conserver l'équilibre précaire de ses bouquins tout en appuyant avec son coude sur la poignée de la porte latérale de l'issue de secours et disparaître, avalé par l'extérieur bétonné.

— Vous devriez parler à son copain Michel Roux. Il crèche au bloc A.

— Les résidences du CROUS ?

— C'est ça. Il est parti avant nous. S'il n'est pas chez lui, il sera certainement à la « B U ». Nous avons les partiels à la fin du mois.

— Eh bien, j'y vais de ce pas.

Grand tourna les talons sans même les avoir remerciées. Il pensa que c'était plus « cool » avec la jeunesse d'aujourd'hui d'utiliser leurs codes.

Retour vers le panneau.

Il opta pour le plan détaillé.

Index sur le : « Vous êtes ici ».

Les logements étaient à l'opposé de l'endroit où il se trouvait actuellement. Il devait contourner la bibliothèque et emprunter un chemin goudronné qu'il n'avait pas repéré en venant.

Il s'engagea en pestant contre la montée, les immeubles ayant été construits sur une petite éminence. Il parvint devant l'entrée du bloc A en nage. Noms sur les boîtes aux lettres. Deuxième étage sans ascenseur. Il s'attaqua à l'escalier. Il reprit sa respiration devant le numéro douze et toqua à la porte.

Un jeune homme ouvrit. Mesurant dans le 1 m 90, svelte, le crâne rasé, les pommettes saillantes, un bouc à son menton pointu, il portait un collant running avec des bandes rétro réfléchissantes, des chaussures à crampons, une montre GPS à son poignet gauche. Il tenait dans sa main droite une veste jaune fluo, un bonnet noir et des gants noirs eux aussi. Il était nerveux.

— Michel Roux ?

— Lui-même, en chair et en os, répondit l'étudiant avec un mélange d'humour et d'arrogance.

— Je suis un ami des Fiorentini, annonça Gilbert en sortant sa carte de qualification professionnelle.

— J'allais me dégourdir les jambes.

— La pression des examens, le besoin de décompresser.

— On peut dire ça comme ça.

— Vous couriez avec Natalia ?

— Parfois.

— Et de manière explicite ?

— Elle préférait être seule dans son bled paumé que de courir avec nous après les cours. Elle argumentait en invoquant la nécessité de la douche après la course. Elle ne voulait absolument pas rentrer chez elle trempée de sueur. Je lui avais précisé que son argument était complètement con, qu'elle aurait pu se laver chez moi et partir propre, mais elle n'en faisait qu'à sa tête. Elle aurait été un très bon avocat. Quand elle ouvrait la bouche, vous assistiez à un plaidoyer, vous voyez le genre.

— Vaguement. Vous étiez intime pourtant ?

— Vaguement, pour reprendre votre expression. Nous nous étions connus à la corrida de Noël l'an passé. Un trimestre que nous nous fréquentions, je n'appellerai pas cette histoire une relation intime. D'ailleurs, je l'ai expliqué aux flics avant vous.

— Je vois. Dans ce cas, je ne vais pas abuser de votre temps plus longtemps.

Natalia n'usait pas les fonds de culotte à la fac de Droit. Je relève qu'elle était une élève assidue ayant peu de relation, réservée voire agoraphobe, qui assistait à tous les enseignements de ses professeurs et qui empruntait les livres indispensables à ses études et qui rentrait chez elle illico presto. Une amourette ne la déviait pas de son objectif. Direction le bled paumé. J'aurais peut-être plus de chance qu'ici. Diego a vidé le studio et rendu les clés depuis. Il ne me reste qu'à aborder les passants, qu'à m'imprégner du ressenti local.

Citroën C3 sur la départementale.

Trois ronds-points dépassés, Chevigny Saint Sauveur était dans le viseur.

Parking public à côté de l'église, en face un café. Classique, racontait Gilbert à son moi intérieur. Encourageons les bonnes volontés à déverser le fiel qui se murmure à voix basse. Allons glaner les ragots. Il ouvrit la boîte à gants, récupéra la matraque fendillée en caoutchouc dur, la seule et unique depuis son engagement dans la gendarmerie. Elle était à ses yeux comme un porte-bonheur, elle ne le quittait jamais en mission. Il la fit glisser dans la poche intérieure de son pardessus.

Assis sur un tabouret haut en bois de couleur marron foncé, le détective sirota en âme solitaire une bière pression à l'heure de l'apéro. Il détailla la salle vieillotte : des tables de bistrot avec leurs chaises en bois de couleur noire, un carrelage en damier gris et noir, des murs autrefois blancs jaunis par la fumée des cigarettes, un lustre en forme de roue avec des ampoules à incandescence en forme de fausses flammes, dans un angle un perroquet s'harmonisant à la couleur des sièges avec un gilet rouge oublié et dans l'autre un rhododendron dans un pot en terre cuite qui végétait, plusieurs plaques publicitaires émaillées vantant les bienfaits du Martini, de la Margarita, du Cinzano, du Dubonnet, de la Kronenbourg et du Ricard qui affirmaient les bienfaits de l'alcool, l'eau n'étant pas la bienvenue en dehors de la dilution du pastis.

Un vieux au faciès ingrat, traînant les pieds, le pantalon en toile grossière tombant sur les chevilles, des épaisseurs de laine sur le dos, fuyant la solitude d'un home silencieux et vide, entra. Gilbert le salua. Pierre Pions, c'était son nom, prit le signe du détective pour une sollicitude et vint se coller à lui afin de discutailler.

Le serveur posa sur le zinc un ballon de blanc cassis sans avoir ouï la commande. Pions était un habitué du « 11 heures » et du « 17 heures » au troquet du village. Avide de s'épancher, il confia à son voisin que Natalia pratiquait son sport de façon régulière, une pendule, précisa-t-il en appuyant sur le mot « pendule » ; il habitait à côté de chez elle et la voyait passer devant sa fenêtre avant de disparaître dans le bois ; lorsqu'elle revenait au soleil couchant, il fermait les volets.

— C'était une fille sage qui ne monte pas dans la bagnole de n'importe qui, ah ça non, pas une auto-stoppeuse pour deux sous, je vous dis, et après on s'étonne des malheurs. J'ai été surpris par la nouvelle. Il paraîtrait qu'elle y était allée à la nuit tombée avec une lampe, enfin, c'est ce que raconte le journaliste dans la feuille de chou locale. Je n'étais pas à la maison, j'avais mangé chez ma fille à Dijon. Les jeunes ont de drôles d'idées parfois.

— Vous pouvez m'y emmener ?
— Où ça ?
— Au bois où l'agression s'est produite.
— Si ça peut rendre service.

Pierre Pions avala de travers le peu qui restait dans son verre. Il n'aimait pas être pressé, il n'avait plus l'âge d'obéir à qui que se soit, mais la carte de visite du détective l'avait impressionné. Il avait bu en lisant et le liquide s'était trompé de voie. Ils sortirent au crépuscule.

Le vieux toussa en marchant d'un pas allègre vers le sentier balisé, un entrain qui s'apparentait à une corvée à devoir expédier. Ils croisèrent en chemin Foucard, 85 ans au compteur, un célibataire endurci qui ne paraissait pas son âge, droit comme un piquet dans sa gabardine, un homme élégant, l'opposé de Pions. Une langue de pute, selon les villageois, qui s'agglutina au duo telle une mouche sur un pot de miel. Au café, les buveurs auraient baptisé Foucard : « mouche à merde ». Ils furent trois à s'aventurer sous les arbres suivis par le regard courroucé d'un touriste misanthrope.

— Voilà ! C'est de cet endroit qu'ils démarrent leurs courses.

Il n'y avait rien de spectaculaire : une voie gravillonnée, des branches mortes et des feuilles humides jonchant le sol, un trait jaune sur un tronc de conifère, une croix sur un autre marquant l'interdiction à emprunter une ligne. Balisage réglementaire.

L'odeur d'humus s'éveillait en même temps que les appels nocturnes des bêtes. Pions souhaita rentrer avant la tombée de la nuit, sa bonne action du mois étant accomplie. Gilbert continua à progresser en compagnie de Foucard dont la curiosité était légendaire.

Le crime intriguait l'autochtone, il pimentait son quotidien et poursuivre avec le détective alimenterait sa diatribe dans les jours à venir. Une occasion pareille ne se loupait pas. Elle lui procurerait une telle importance dans le village qu'il en frémissait à l'avance. D'ailleurs, il s'était documenté en lisant tous les journaux qui en avaient parlé, en écoutant les radios locales le matin avant d'aller à la boulangerie acheter sa baguette, et en regardant le journal télévisé de 19 heures pendant qu'il soupait. Il confirma les propos de Pions sur un ton mielleux : Natalia était une jeune fille polie et avenante avec les personnes âgées.

En un mot, pensa Gilbert, elle n'emmerdait personne. Une ombre qui se meut, la locataire idéale, l'étrangère tellement invisible qu'on finit par oublier qu'elle existe. Cela n'arrange pas mes affaires. Il osa poser la question qui fâche.

— Et des individus louches, vous en avez croisé dernièrement ?

— Ah, ça oui ! rétorqua Foucard, sa physionomie ayant changé d'un coup, les traits soudainement durcis. Le maire a réservé un terrain communal pour accueillir les gens du voyage en prévision des vendanges depuis que Dijon a relancé la culture de la vigne. Il l'a viabilisé et aménagé avec les sous de la commune, et c'est nous qui en payons les frais au sens propre comme au figuré. Maintenant, c'est un défilé de caravanes et de camping-cars, alors, c'est sûr, des têtes nouvelles traversent le village.

— Un vignoble réclame de la main-d'œuvre sauf en hiver où c'est plus calme, non ?

— Mais tout le temps, mon pauvre ami, ça arrive et ça repart, un flot continu de véhicules sur un boulevard. Je vous le dis comme je le pense, c'était encore une idée à la con du maire, soi-disant pour renflouer les caisses. J'étais contre au conseil. Le vote a concrétisé le projet. La démocratie, ajouta-t-il en écartant les bras en signe d'impuissance.

Le crépuscule rendit l'âme au profit d'une nuit sans lune. En une demi-heure, les deux hommes distinguèrent péniblement ce qu'il y avait à cinq mètres devant eux. Gilbert se résigna à quitter l'endroit. Qu'aurait-il remarqué de plus que les collègues ? Il ne fallait pas se croire plus royaliste que le roi. Foucard le raccompagna jusqu'à l'église. Il tenait à savoir quel véhicule pouvait bien posséder le détective. Il fut déçu par la carrosserie sans logo de la Citroën et sans l'ombre d'un autocollant. Il rentra chez lui en marmonnant « Pfft ! Il n'a pas la carrure d'un Sherlock Holmes. Je lui concède un dixième de l'esprit de déduction de l'anglais. »

Trois heures après, Gilbert vaquait aux soins de ses chers bonsaïs dans la serre. Il se détendait aux sons de la Pastorale de Beethoven, et réfléchissait l'outil à la main avant de téléphoner à Diego. Tout ce qu'il avait emmagasiné aujourd'hui n'orientait pas ses convictions vers un éventuel suspect, ce qui confortait les hypothèses du capitaine : Natalia avait été victime du tueur en série recherché dans la région et qui s'était évanoui dans la nature depuis que les flics du coin étaient à ses trousses. Incriminer les gens originaires des pays de l'est, les manouches et les gitans, comme le sous-entendait Foucard, ramenait la solution à celle du Moyen-Âge en accusant les ethnies étrangères de perpétrer les délits en tous genres à vingt lieues à la ronde, ces étrangers réduits au titre de voleurs de poules. Un jugement naïf sur les apparences.

À l'instar de Dupuis, je piétine, j'ai perdu le cap, pensa Gilbert. Un jour creux et vide.

Il fit défiler ses contacts sur son téléphone portable.

18

J +12

À 7 h 30, Trémière sortit en catimini de la maison. Il esquivait la confrontation avec Michot qui ne tarderait pas à arriver, fidèle à sa sortie du dimanche avec sa jument Sultane. Ne pouvant honorer aucune de ses dettes envers ses connaissances et ses amis, il avait prémédité la fuite. La veille, il avait positionné la Honda dans l'allée principale, à l'endroit précis où commençait une légère pente au lieu de la garer, comme d'habitude, sous les fenêtres de l'annexe, celles correspondant au dortoir, un prétexte, libérer l'espace sur le parking en considérant que les propriétaires se déplaceraient nombreux avec le temps radieux annoncé à la météo.

Dimitri n'avait pas été dupe. Des chevaux pensionnaires, il n'y en avait que huit en comptabilisant les quatre squelettiques broutant le brin d'herbe avant l'heure fatale, le chiffre n'avait rien d'un exploit, et de toute manière, personne ne se serait aventuré à seller ces quatre montures qui se seraient écroulées sous le poids de la selle et de son cavalier.

Yves se carapata en douce, le trousseau de clefs dans la poche de son blouson en jean toujours trop serré sur sa bedaine malgré le régime qu'il s'imposait deux jours par semaine, légumes verts et poisson, un véritable supplice. Il n'avait pas maigri d'un gramme.

Demeurer silencieux.

Yves poussa le vice à partir en roue libre, mit le moteur en marche après avoir parcouru quelques mètres, actionna le dégivrage du pare-brise avant de s'engager sur la route, et poussa la manette du chauffage à fond. Il était frigorifié rien qu'à voir sur le tableau de bord les deux degrés relevés par la sonde extérieure. Le ciel sera clément, idéal pour les galops, pensa-t-il.

À 8 heures, l'appel de la viennoiserie creusa son estomac, le manque de caféine aussi. Une carotte clignotait au loin.

Il franchit la porte du « Bar-Tabac-PMU » avec la ferme intention de se goinfrer. L'odeur de la cigarette avait imprégné les murs avec les années, elle lui piqua la glotte. Il commanda deux croissants, un œuf dur et un grand café noir.

Il ajouta deux sucres en morceaux au breuvage et s'appropria le Tiercé Magazine qui traînait sur la table voisine. Il touilla en étudiant la page des pronostics. Le tiercé se déroulait à l'hippodrome de Vincennes, il avait oublié ce détail.

Merde ! Dalmasso ne voudra pas y aller. Il invoquera une distance éloignée, le fait de rentrer de nuit, le boulot du lendemain, j'en passe et des meilleures.

À 8 h 30, un groupe de six hommes franchit le seuil de l'établissement en parlant avec des voix gutturales. En les écoutant, Yves devina que le sujet tournait autour des favoris et des tocards, on parlait bourrins. Toujours à l'affût d'un bon tuyau, il changea de table, emportant avec lui sa tasse, son croissant entamé, son œuf et le journal. Un des gars, fort en gueule, celui qui les dépassait tous d'une tête, influençait les autres dans leurs choix des numéros à jouer et vantait les mérites de suivre les courses en direct, et pas que celle du quinté sur un écran de télévision. Aux mots « course en direct », Yves l'interpella. Il fallait absolument qu'il sache de quoi il retournait. L'individu lui communiqua l'adresse du lieu où il parierait dans l'après-midi, lui et ses copains ; des courses par courses, il n'y en avait pas partout.

C'est la providence qui m'a conduit ici. Justin sera aux anges. À deux pas de chez lui et je n'en avais pas connaissance. Maintenant, je peux m'attarder.

Il déboutonna son blouson, décala le cran de sa ceinture d'un trou et remonta ses manches. À l'aise sur sa chaise, il écala son œuf dur.

À 10 h 30, Trémière se procura de quoi déjeuner dans une supérette.

Peu après il sonna à l'interphone, un sac rempli de victuailles à la main.

— Qu'est-ce que tu fous avec ça ? s'étonna Justin dans une tenue négligée, pas rasé, pas coiffé, pas chaussé.

— On becte chez toi et, ensuite, on s'arrache.

— Et le champ de courses ? Tu n'es pas pressé aujourd'hui ?

— J'ai dégoté un endroit à deux pas d'ici où nous allons parier sans problème.

— Attends, tu veux parler de chez « Le Trotteur » ?

— Exactement.

— Tu es sûr que tu veux y aller ?

— Tu préfères Vincennes ?

— Non. Je n'avais pas vu que c'était là-bas. Je croyais que c'était dimanche prochain.

— J'ai avisé, annonça Yves, grand Seigneur. Sors ta poêle. J'ai apporté deux entrecôtes, une sauce au poivre à la crème fraîche en brique, des haricots verts en bocal pour compléter et un crottin de Chavignol. En dessert, nous aurons deux parts de tarte aux pommes achetées chez ta boulangère, et du pain frais aux céréales. Tiens, débarrasse-moi de ce bordeaux rouge Saint Émilien Léo de la Gaffelière avant que je ne fasse des catastrophes. Ce n'est pas parce qu'on dîne chez toi qu'on doit mal manger. On aura même le temps d'un apéro.

Deux heures après le repas, et vingt-cinq minutes de marche sur le trottoir, ils se fondirent dans la masse des parieurs. Bousculades et braillements, telle était l'ambiance au gré des pertes et des gains, idem pour Trémière et Dalmasso ; les favoris gagnaient les courses, les bénéfices étaient maigres. À la fin de l'après-midi, Yves affichait une mine déconfite. Il n'était pas satisfait des sommes remportées.

« Viens, je te paye un coup ailleurs avant de rentrer ».

Ils s'engouffrèrent dans le premier « Bar-Papèterie-Presse » qu'ils croisèrent. Justin récupéra les deux bocks de Heineken et s'assit à une table.

Au moment de régler les consommations au comptoir, Yves s'enhardit à réclamer trois tickets de grattage sur le présentoir au niveau de la caisse : deux Vegas et un numéro fétiche. Il vint s'asseoir avec ses tickets de jeu. Il posa une pièce à côté de son verre et commença à gratter un Vegas. Justin vit le visage d'Yves en train de se décomposer sous l'émotion. Stupéfaction. Les doigts tremblotants, il rangea tout de suite le ticket dans son portefeuille. Il le montrerait à son ami à l'abri des regards concupiscents. Il gratta le deuxième. Perdu. Le troisième fut gagnant lui aussi. Pendant qu'il encaissait les mille euros en espèces, il se fit expliquer par le gérant comment récupérer son gain au centre de paiement. Il éluda la question du buraliste concernant la somme par crainte d'être volé. Il donna à Justin les billets récoltés avant de sortir.

Dehors, Yves lui confia son bénéfice substantiel.

C'est la fin de l'ardoise. Je t'apporte la suite dès que le virement sera à la banque, mardi soir ou mercredi soir, promit-il au bas de l'immeuble.

Avec 25 000 euros, je renfloue mon compte. Je lâche à Diego de quoi payer deux ou trois factures, il sera content, et la grosse part du gâteau, je la garde pour moi, décréta Yves en s'installant au volant de sa Honda cabossée. La poisse a jeté son dévolu sur quelqu'un d'autre. Ce n'est pas trop tôt.

19

Suite à l'échec du vendredi en Côte d'Or, Grand opérait à l'aveuglette ce dimanche. Lorsqu'il se montra vers dix heures au haras, il y avait longtemps que l'oiseau s'était envolé du nid.

Trémière déguerpi, Dimitri était occupé à faire visiter les locaux à une femme d'allure trentenaire, cheveux ondulés coupés à hauteur des oreilles, jupe droite en brocard de teinte grise dépassant de son manteau court noir à double boutonnage, bottes en cuir, noires elles aussi. Elle était attentive aux explications qu'il lui fournissait avec un enthousiasme forcé. Nouvelle venue dans la région, cause mutation professionnelle dans l'enseignement en tant que professeur de Français, elle cherchait à placer le poney de sa gamine de neuf ans, un Connemara, et son cheval, un hongre de race anglo-arabe. Le fait qu'elle se soit déplacée seule prouvait le désintéressement du père ce qui avantageait les propos de Dimitri dans sa volonté de persuasion. Pas de présence masculine était donc un atout. Face au délabrement du haras, il détourna l'attention de l'hypothétique cliente vers le côté pratique environnemental, les balades en forêt, et les équipements, un manège et une carrière, certes laissés à l'abandon, mais non utilisés donc libre chaque jour de la semaine par manque d'effectif.

Pendant ce temps, Vincent, Li et Eliot se livraient à leur sport favori : pause et cigarette dans la cour. Ils avaient troqué leurs baskets de la marque « Nike » si prisées pour des bottes en caoutchouc de cultivateur dans lesquelles les chaussettes s'humidifieraient de transpiration au cours de la journée. Ce soir, la chambrée chlinguerait, l'odeur ne s'atténuerait qu'après le défilé des douches, ils avaient horreur de ça.

Grand opta pour un interrogatoire informel en s'approchant des trois gamins : soutirer les aigreurs du groupe car, fort de son expérience dans la gendarmerie, des revendications, il y en aurait à la pelle.

— Salut les jeunes.

— Ouais, salut le vioque, répondirent-ils en chœur en se marrant.

— Est-ce que le patron est là ?

— Ben, non.

— Parti faire une course ?

— Ben, ouais, c'est dimanche, il a foutu le camp de la piaule, affirma Li.

— Et il revient quand ?

— Qu'est-ce que j'en sais ? Tu n'as qu'à poser tes questions à la con à l'autre, là-bas, dit-il en désignant Dimitri.

Li tira une bouffée sur sa cigarette roulée et souffla la fumée dans la direction de Gilbert.

— Je n'y manquerai pas dès qu'il sera disponible. Alors le boulot vous plaît ici ?

— Tu parles d'un kif, tu te fous de nos gueules ou quoi ?

— C'était pour parler.

— Alors ne l'ouvre pas, rétorqua Vincent qui fit bloc avec Li à l'encontre de l'étranger.

Gilbert adressa le bonjour de loin au palefrenier qui s'entretenait toujours avec la femme. Il repéra une ombre dans la sellerie.

— C'est ça, tire-toi, du con, ironisa Li. Le faux-cul va lui cirer les pompes.

— Ça va, le jeune ?

— Ça va, répondit Peter.

— Pas trop dur ?

— Des jours oui, des jours non. Entretenir le matos, je kiffe grave. Graisser les filets, j'aime bien. À la piaule, mon vieux, il était en permanence sur mon dos pour que je fasse plus tard un truc valable, genre employé comme lui dans une grande surface à courber l'échine devant le boss sur sa machine débile. Alors, ouais, j'préfère être là qu'en taule, j'avais déconné dans la cité, ou enfermé dans un bahut à préparer un BEP en boulangerie, chaudronnerie, du taf en « ie » quoi.

— Et entretenir le matériel est important même s'il est vieux comme la rêne que tu as entre tes doigts.

— Dimitri veut qu'on le fasse pour apprendre, mais je ne crois pas qu'on pourra la récupérer. Le cuir est fichu, il craque de partout.

— Les autres ne t'aident pas ? Tu es seul à t'en occuper ?

— Non. Ils étaient là tout à l'heure, mais depuis qu'il y a la femme, ils ont arrêté.

— J'ai discuté avec eux. Ils fument dehors.

— Ouais, à cause de la paille.

— C'est plus prudent.

— Ouais.

— Et le joint, on le sentirait, tu ne crois pas ? Ils roulent leurs clopes, non ?

— La « beuh », j'y touche pas.

— Il vaut mieux.

— Ben, ouais, c'est pourquoi l'éducateur n'était pas content vendredi.

— Dans quel sens pas content ?

— Du sens qu'ils gueulaient dans la cour, le patron et Michot. Je les ai vus, ça chauffait grave. Ils se sont frittés, même que l'éducateur était « vénère », il a attrapé le patron par le col. J'étais MDR.

— Et tu penses que c'est à cause de l'herbe ?

— Ben, ouais, vu que Michot répétait sans arrêt que les autres trous du cul étaient défoncés à sa dernière visite et qu'ils avaient dû certainement se la procurer quelque part, la « beuh ». Je répète ce que j'ai entendu. Ils parlaient suffisamment fort. Les autres aussi ont dû entendre.

— Et après que la dispute ait éclaté ?

— Après ? Michot est reparti. Ils ont fait comme s'ils ne s'étaient pas engueulés, à la bien quoi, deux potes.

Vincent, Peter et Li se postèrent à l'entrée de la sellerie.

— Alors le lèche-cul, ça cause, lâcha Li, signe avant coureur d'une démonstration de joute verbale.

— Je t'emmerde, murmura Peter en voyant arriver Dimitri et la future cliente.

Le palefrenier écarta les adolescents du revers de son bras gauche ce qui arrêta la logorrhée haineuse de Li. Sur le seuil, il montra l'alignement des harnais accrochés au mur, les selles sur les tréteaux, les couvertures empilées, et se focalisa sur l'entretien du matériel. Détourner le regard des toiles d'araignées qui pendaient du plafond, des vibrations de cette mouche prise au piège jusqu'à ce qu'elle ait cessé de bouger, une vie en moins sur la planète, des poutres maculées de fientes et des moisissures colonisant les murs qui suintaient par temps de pluie. Derrière, Li mouilla ses lèvres d'une façon obscène et tira la langue en fixant les fesses de la femme ce qui déclencha des paroles salaces de la part de Vincent et d'Eliot style « bien roulée la garce, akhi ».

Madame Blanchot Virginie se retourna et cloua le bec au caïd de la bande en reprenant sa phrase dans un français correct : « elle a de belles formes cette dame, mon frère ». Des années à inculquer la langue de Molière dans le cerveau de collégiens en banlieue parisienne avaient forgé son caractère. Elle ne se démontait plus devant une classe, encore moins devant trois morveux. En revanche, maintenant, elle hésitait à prendre une décision quant à laisser son cheval et son poney ici. Seul le prix de la pension était attractif. Elle précisa qu'elle allait réfléchir.

— C'est souvent comme ça, soupira Dimitri en entraînant Grand vers la maison. Lorsqu'on croise nos apprentis lads, il y a de quoi se barrer en vitesse. En règle générale, il est rare qu'un nombre pair se divise en un pourcentage impair. Je m'attendais à ce que le groupe se scinde en un contre trois, sauf que le Li les impressionne. Les autres le craignent, y compris le Vincent, moins fier qu'au début, et c'est le Peter qui en a fait les frais. Il est devenu le bouc émissaire de ces petits cons, et le Eliot adhère au mouvement par lâcheté alors que Peter le défendait au début et il en était reconnaissant.

— Un gars paumé à remettre sur les rails.

— On ne sauvera pas tous ceux qui séjourneront ici, alors, s'il n'y en a qu'un, autant le tenter.

— Et comme te dirait ma sœur : « qui plante la vertu ne doit pas oublier de l'arroser souvent ».

— Épuisant à la longue.

— Dis-moi, le Peter m'a confié tout à l'heure l'altercation de Michot et Trémière. Les mômes fument le hasch ?

— Il paraîtrait. Va savoir ce qu'ils ajoutent à leur tabac. J'ai fouillé le dortoir au changement de la literie et je n'ai rien trouvé. Je ne sais pas où ces gosses se procurent le cannabis, et je ne tiens pas à chercher dans leurs affaires personnelles. J'ai passé l'âge des emmerdes et des aventures malsaines. Ce n'est pas l'armée du salut non plus. Michot n'a qu'à se débrouiller avec ce problème. Après tout, c'est son job. Moi, je les encadre, c'est déjà suffisant.

— Le nouveau, Li, un dur à cuire ?

— Le mot est faible. Un teigneux qui terrorise son monde et qui a un sacré palmarès : vol à la tire, guetteur, dealer. Il a gravi les échelons depuis ses dix ans. Tu veux voir son dossier ?

— Je vais le scanner avec mon smartphone et je l'étudierai chez moi à tête reposée.

— Tu veux les autres aussi avant que Michot se pointe pour sa sortie dominicale avec sa jument Sultane ?

— Toute information est bonne à prendre et évite de réclamer des infos que je ne suis pas sûr d'obtenir d'ailleurs. Je creuse pour Diego. Je participe à l'enquête en fonction de mes moyens.

— Alors, dépêchons-nous. C'est bientôt son heure.

Lorsque Gilbert quitta le haras vers 11 heures, il croisa Bernard Michot à l'embranchement. Il lui fit un signe de la main gauche et s'engagea sur la départementale. Il avait hâte de lire les documents scannés à l'insu de l'éducateur.

20

Sitôt rentré, Grand avait transféré les documents scannés avec son LG en les expédiant par e-mail sur son ordinateur. Il les avait imprimés dans la foulée et s'était installé dans le salon, sa future lecture sur les genoux. Deux heures après, les feuilles étaient éparpillées autour de lui : sur le canapé, la table basse ou le parquet. Ce qu'il avait lu après son repas ne l'avait pas surpris outre mesure : une absence d'autorité parentale aboutissant à la spirale de la délinquance au sein de familles défavorisées, le père travaillant tard dans le meilleur des cas. Souvent la cellule familiale était confrontée à une période de chômage. Le patriarcat avait volé en éclats, le père ne contrôlant plus sa progéniture depuis longtemps. La mère demeurait au foyer avec la peur au ventre que son enfant finisse mal, et il finissait mal. Déscolarisés, enrôlés dans un boulot illégal dont ils n'en mesuraient pas les conséquences, ces jeunes de la rue préféraient gagner en une semaine le salaire d'un smicard.

— Vendre du cannabis est lucratif, se plaignit Gilbert, assis sur un banc, dans la chapelle du couvent à peine chauffée, en attendant la messe de 18 heures.

— Un homme heureux se contente de peu, ajouta sœur Agnès. Appliquons-nous à garder en toute chose le juste milieu.

— Ce à quoi ces mômes t'enverraient dans les cordes en citant Larry Holmes, l'ancien champion de boxe poids lourd : « c'est dur d'être noir. Vous n'avez jamais été noir ? Je l'étais autrefois quand j'étais pauvre ». L'argent procure le respect jusqu'à ce qu'une balle perce le front de l'ignorant. Voici le monde dans lequel ces jeunes évoluent, frangine.

— Le vent de la misère humaine et de la détresse de l'âme traverse ces murs. Nous ne sommes pas des ignorantes. On ne peut soigner le corps sans se soucier de l'esprit.

Qui se couche avec des chiens se lève avec des puces, j'aurais dit, songea Gilbert tandis que sa sœur rejoignait la mère supérieure. Parfois, elle est quand même en dehors du système. On dirait qu'elle en oublie le meurtre de la petite, sauf que je ne vois pas le lien entre ces jeunes et Natalia, à moins que Michot lui ait parlé de ses soupçons. S'il lui en a glissé un mot, dans ce cas, on entrera dans le domaine des possibles. Éliminer celui qui sait sauf qu'à choisir à éliminer quelqu'un, j'aurais choisi l'éducateur. Logique. À creuser encore et encore.

La messe débuta. Grand mêla sa voix à celle des autres paroissiens, l'esprit, ailleurs, récitant machinalement les répliques. Il n'était pas particulièrement dévot, il rendait visite à sa sœur aînée et se mêlait aux paroissiens afin de prolonger leur rendez-vous. Il accaparerait sœur Agnès dès l'office terminé.

21

J +13

Rares étaient les fois où Yves Trémière fredonnait dans sa voiture, mais, ce lundi, le turfiste avait le cœur en fête. Il avait dormi d'un sommeil de plomb. Exit les rêves sournois et tourmentés dus au manque d'argent. Il se sentait invincible. Une course contre la montre s'était enclenchée depuis son réveil.

À 6 heures, l'alarme avait sonné. Yves avait enfilé son ensemble veste, chemise à col droit et pantalon de la marque Armani, un vestige de grandeur en teinte gris perle. Il avait choisi des chaussettes en fil d'Écosse de la même couleur et des mocassins noirs. Le café avalé sur le pouce, il avait démarré en trombe en faisant crisser les pneus sur les graviers de la cour, fuyant le haras afin de récupérer son chèque dès l'ouverture du centre de paiement de la « Française des jeux » dans le département limitrophe.

À 8 h 30, il franchissait le seuil du Crédit Mutuel de la ville et déposait les vingt-cinq mille euros gagnés au grattage.

À 10 heures, il entrait dans sa banque et réclamait au guichetier vingt coupures de deux cents plus deux enveloppes.

Tapant l'incruste devant le comptoir, indifférent à la file d'attente qui était en train de se former dans son dos, il emprunta à l'employé un stylo-bille. Dans la première, il glissa 13 billets et inscrivit « Justin soldé » en gros, dans la deuxième, il mit le reste en se disant que 1 400 euros suffiraient à faire taire Diego pour un sacré moment. Son compte courant avait gonflé des 21 000 restants, un solde créditeur, adieu le rouge, de quoi être heureux. Le monde était à ses pieds. Avec cet air condescendant de celui qui boufferait un lion si celui-ci entravait son chemin, il quitta l'établissement.

On dit que l'argent ne fait pas le bonheur, s'esclaffa Yves en conduisant vers la cité HLM, mais ce sont des conneries. On se sent franchement mieux quand on a du blé.

Reniant les usages qu'il avait établis en manière de stationnement, il prit le temps de garer la Honda sur une place de parking non réservée. Il pénétra dans l'immeuble tandis qu'un écolier en sortait, la mine abattue, tel un forçat en partance pour Cayenne, les écouteurs sur les oreilles et la casquette à l'envers sur son crâne ébouriffé. Il sonna à la porte de Justin Dalmasso et lui donna l'enveloppe dans un geste théâtral.

— Une vie de rêves s'ouvre à toi mon ami. Aujourd'hui est un grand jour. Offre-toi l'impossible, l'irrésistible, ton désir le plus fou, le plus audacieux, le plus du plus…

— Tu arrêtes tes conneries, coupa Justin, et donne au lieu de pérorer.

— Tiens, le compte y est.

— Tu n'as pas tardé.

— Aux aurores j'ai arpenté les couloirs olympiens, j'ai couru de bureaux en bureaux tel un Seigneur réclamant sa dîme. Je n'ai pas chômé. J'ai fait fissa, et je dois repartir sur ma lancée.

— Pressé ?

— Et pas que. C'est jour de solde, je fais la tournée des grands-ducs. Je paye.

— Compris. Un conseil, si tu me permets de t'en donner un, tu gardes quelques thunes en prévision des sombres jours qui te surprendront par leur rapidité à se pointer à ta porte si tu continues à flamber. La prévoyance est mère de sécurité. Prends en note.

— J'y songerai. À la revoyure !

Justin ferma sa porte en priant le ciel que Trémière, grisé par cet excédent inattendu, ne dépensa pas tout son fric en une seule fois. L'écureuil, il n'y a que ça de vrai, pensa-t-il.

Il déchira l'enveloppe, compta les billets un par un, les plia en quatre et les rangea dans la boîte en fer de cacao Van Houtten qu'il cachait parmi les boîtes de conserve dans le placard de la cuisine.

Une réserve pour les vacances cet été, dit-il à haute voix en se préparant pour partir au boulot. Et que tu ne viennes pas me taper avant six mois, Yves, car, moi aussi, je sais soustraire les sommes que tu dois, tu me les as assez serinées dans le but de me soutirer du fric. Te connaissant, tu ne rendras pas la totalité à tes prêteurs, alors je te clouerai le bec avant que tu ne l'ouvres.

Au suivant ! Comme dit la chanson, résuma Yves en obliquant sur la droite vers la rocade.

Clignotant à gauche, rocade, vitesse 110 km/h, sortie Troyes centre, recherche d'une place libre.

Il arriva en sifflotant devant le restaurant italien de Diego Fiorentini. Le rideau de fer était baissé. Il appuya sur la sonnette de la porte de service. Pas de réponse. Il sortit son téléphone portable et composa le numéro. Répondeur. Il sonna de nouveau. Rien. Sachant que le restaurateur n'interrompait pas ses activités culinaires pour un simple appel, il posa ses doigts sur la poignée. Hésitation. Il entendit le déclic du pêne et entrebâilla la porte. Quelque chose gênait son ouverture. Il donna un coup d'épaules et poussa avec son corps, furieux de salir son costume Armani. Des sacs-poubelles fermés avec leurs liens s'entassaient dans le couloir. Trois jaunes et deux noirs. Une odeur nauséabonde flottait dans l'air.

Putain de poubelles ! jura Yves.

Il appela en vain plusieurs fois en grimpant à l'étage pensant que son ami se reposait ou alors qu'il cuvait son vin, dépressif comme il était l'autre soir, il imagina qu'il s'était saoulé une partie de la nuit. Dans l'appartement, les deux chambres étaient vides, les lits non défaits, personne n'avait couché là. Il regarda dans la salle de bains et dans la salle à manger.

Négatif.

Il descendit en appelant et entra dans la cuisine du restaurant. Un haut-le-cœur le prit. Croissants et œufs durs se frayaient un chemin vers l'extérieur. Il se mit à vomir dans l'évier son copieux petit-déjeuner, puis de la bile. Il ouvrit le robinet et but à même le filet d'eau claire. Il se rinça la bouche plusieurs fois. Il recula, terrorisé, jusqu'au milieu de la salle, s'essuyant les lèvres avec une serviette attrapée sur la première table.

Diego était suspendu dans les airs à l'image de ses jambons, vêtu de sa tenue de travail qui consistait en un tablier blanc grossièrement noué sur sa bedaine qui semblait avoir augmenté de volume comme un blaireau crevé au bord des routes départementales en rase campagne, une chemise bleue aux manches retroussées, un jean et des tennis. Une corde assez fine de couleur bleue d'un matériau à la solidité prouvée par le poids du corps enserrait son cou, elle n'avait pas cédé malgré la gravité. Les yeux vitreux étaient posés sur lui. Les pieds dans le vide et les jambes déjà raides, une chaise renversée démontrait sa détermination à vouloir se supprimer. Sur le piano du cuisinier, une casserole avec une sauce marron à l'intérieur qui avait pelliculé en surface traînait en compagnie d'une bouteille de vin rouge entamée et d'une viande hachée cuite dans une poêle prête à recevoir les tomates concassées en boîte, les couvercles de ces dernières ayant été jetés dans la poubelle. Sur le plan de travail, une spatule en bois graisseuse tenait compagnie à un couteau de boucher assez long dont la lame se devinait tranchante, les oignons et les aulx prêts à être épluchés sur le billot attendaient leurs sorts dans un saladier transparent. Une recette en préparation.

Yves paniqua. Fébrile, il téléphona au domicile de Michot espérant le joindre par l'intermédiaire de sa femme. Trois sonneries dans le vide, puis quatre, puis cinq, personne au bout de la ligne téléphonique, il raccrocha. Il se souvint de la carte de visite reçue à l'enterrement de la petite. Dans la confusion, il n'arrivait plus à se rappeler le nom de l'homme. La seule chose qu'il avait retenue était la boutade qu'avait faite celui-ci à propos de son patronyme. Il y avait une contradiction entre ce qui était et la réalité. Défilement des contacts. Il se souvint, l'homme était de taille moyenne. Il trouva Grand.

22

Gilbert s'accordait une matinée de repos dans la serre dans une tenue décontractée, pull ample marron clair sur un tee-shirt à manches longues et pantalon en velours côtelé couleur caramel usé aux genoux, des chaussettes de tennis dont la lessive n'arrivait plus à leur rendre leur couleur d'origine malgré les nombreux lavages à soixante degrés programme coton blanc, des sabots de jardin en caoutchouc aux pieds. Il avait remplacé la cassette. Il écoutait du Mozart en arrosant avec lenteur ses bonsaïs. Il souleva la frêle branche d'un saule pleureur qui avait du mal à bourgeonner, ajouta de l'engrais de sang séché dans le minuscule pot rectangulaire en céramique rouge feu, et humidifia la terre. L'eau stagna un moment et finit par pénétrer. Il souleva la plante, l'étudia sur tous les angles et la replaça sur l'étagère. Il s'attaqua à la suivante. Il vida son arrosoir au long bec et sortit le remplir au récupérateur d'eau de pluie. En revenant, il remarqua que son téléphone portable clignotait. Il l'ignora tout en pestant contre ces clients qui lui volaient ses instants de liberté. Il préféra terminer sa tâche, confortant sa tendance isolationniste. Il ne faillirait pas à ce qu'il avait entrepris d'autant qu'il n'avait pas encore vaporisé le feuillage des orchidées. Après quatre remplissages, il daigna regarder l'appel entrant. Intrigué, il consulta son répondeur et entendit le message.

Trente minutes de circulation dense. Parmi les voitures, une petite Citroën C 3 doubla un camion garé en double file sur la chaussée.

Trémière avait récupéré la bouteille sur le plan de travail. Il s'était assis à une table côté rue, loin du cadavre, écrasant l'enveloppe sous ses fesses. Déboussolé, craignant de l'égarer, il l'avait glissée dans la poche arrière de son pantalon. Il s'était servi un verre de vin rouge. Il était en train de boire lorsque le visiteur entra, vêtu de sa tenue habituelle, pardessus et chapeau. Gilbert avait troqué son costume de jardinier pour des vêtements plus convenables.

Aucun commentaire fusa de la part du détective vis-à-vis de cet homme à côté de ses pompes.

— Avez-vous touché à quelque chose ?

— Grand Dieu, non.

— Si ce n'est la bouteille, releva Gilbert.

Yves leva le verre.

— Je vais contacter le capitaine Dupuis, un ami.

— Puisque vous prenez le relais, je vais m'en aller.

— Attendons qu'il arrive, il ne tardera pas.

Un quart d'heure après, la brigade criminelle s'activait à la recherche des indices.

La joie de se revoir a parfois des goûts d'amertume, confia Gilbert en serrant la main de son ami policier.

Dans la salle de bains, Dupuis rassembla les boîtes de Prozac et de Seropram, des antidépresseurs, et les ordonnances datant d'avant la mort de Natalia. Il les rangea dans un sachet en plastique, en compagnie d'Yves qui refusait d'assister au décrochage du macchabée, et de Gilbert qui surveillait l'homme paniqué.

Dans le tiroir du meuble TV, le capitaine trouva des factures impayées de plusieurs fournisseurs, une mise en demeure provenant de la caisse de retraite conséquence des cotisations non réglées à ce jour, et des relevés bancaires attestant le remboursement d'un prêt. Le solde à la banque était débiteur chaque fin de mois depuis un semestre avec ses inévitables agios s'ajoutant au montant négatif.

À chaque feuillet ramassé, Yves frémissait à l'idée que le restaurateur ait pu laisser une trace de la somme qu'il lui avait empruntée. Il s'essuya le front. Il s'imaginait déjà le principal suspect, les menottes aux poignets, jeté dans un cachot, couchant sur le béton froid et humide, au pain sec et à l'eau.

Grand compatissait. C'était une épreuve pour celui qui n'était pas préparé à la confrontation avec un pendu.

Rien de louche à l'étage après la fouille minutieuse des autres pièces.

Trémière descendit derrière les deux hommes.

Le légiste était penché sur un Diego détaché, étendu sur le carrelage entre les fourneaux et le plan de travail. Ses premières estimations penchaient pour un suicide la veille au soir du fait de la raideur cadavérique. La mise en scène était conforme à ce qu'il trouvait d'habitude. Un seul doute persistait : pourquoi avoir entrepris de cuisiner avant de mettre fin à ses jours ? Il versa le continu des aliments dans des récipients se trouvant dans sa valise. Il les analyserait au laboratoire. Il rechercherait aussi la présence d'un poison dans le sang sans vraiment y croire. L'autopsie fournirait un verdict. Problème : il n'y avait pas trace de lettre expliquant le geste.

À la question : pourquoi étiez-vous là ? Yves donna comme excuse qu'il s'était déplacé suite à l'inquiétude de son palefrenier depuis la visite au haras de son ami. Le sachant très dépressif, il était venu prendre de ses nouvelles et partager son repas comme il le faisait souvent. En revanche, il n'avait pas d'explication au sujet de la porte non verrouillée. Tournée des éboueurs ? La venue d'une connaissance ? Vous, peut-être, avait insinué Dupuis. Eh merde ! Je n'aurais pas dû dire ça, avait aussitôt pensé Trémière, conscient de sa maladresse. Réception de marchandises, avait dit Yves, rattrapant sa bourde.

Gilbert laissa un message sur le répondeur téléphonique de Michot à son domicile avant de partir. Il avait le cœur lourd et la culpabilité à fleur de peau. Sa responsabilité était-elle engagée face à cette stupide mort ? Aurait-il dû téléphoner dimanche soir à son ami ?

Yves emboîta le pas au légiste qui sortait.

Le capitaine s'attarda encore un peu dans l'espoir de conclure. Il préférait un suicide à un meurtre, seulement, il y avait cette histoire de bouffe qui le chagrinait. Il était du même avis que le légiste : pourquoi cuisiner avant de se pendre ?

Le brigadier tourna la clé dans la serrure et posa les scellés en travers de la porte et du rideau de fer.

Il y avait dorénavant un restaurant en moins dans la ville.

23

Le scooter remonta la file de voitures sur la droite, la pédale raclant le trottoir, le rétroviseur gauche touchant systématiquement celui des véhicules arrêtés aux feux tricolores portatifs, éloignés, loin, très loin devant. L'embouteillage à Lavau valait un bouchon sur le périphérique parisien à l'heure de pointe pourtant, il n'était que 17 h 10. Les travaux de la voirie étaient la résultante de ce cafouillage monstrueux. C'était l'heure où les engins manœuvraient lentement, tournant sur eux-mêmes afin de se positionner dans le sens de la montée, conforme à l'ascension des plateformes des camions stationnés à la queue leu, leu. Les ouvriers de la voirie avaient pris du retard sur le planning, les trous auraient dû être creusés vendredi, seulement, à cause du gel, la pelleteuse n'avait pu enfoncer sa pelle dans le sol, elle égratignait la surface en ramenant une maigre quantité de terre. Les ouvriers avaient lâché prise, ils étaient partis et n'étaient revenus que ce matin. Une simple giboulée avait désorganisé la planification de la DDT, grain de sable dans le rouage administratif qui avait emmerdé le chef de chantier toute la journée.

Les warnings des trois tonnes cinq excitaient les conducteurs des petites cylindrées, pressés de rentrer chez eux après leur boulot. Harassé, remuant sur son siège, levant les bras au ciel au paroxysme de l'exaspération, un homme klaxonna tout en guettant l'approbation d'une autre personne. En réponse, il obtint un concert de « tut, tut » et les camionneurs rigolèrent du haut de leurs deux mètres. Plus les conducteurs gesticulaient, plus les camionneurs se fendaient la poire ; eux, ils n'étaient pas pressés, ils rouleraient de nuit sur l'autoroute et dormiraient dans leurs cabines à mi-parcours de leurs destinations lorsque la fatigue fermerait leurs paupières. Leurs maisons, c'étaient leurs couchettes, trois mètres sur deux comportant le strict nécessaire, alors, les klaxons, ils s'en foutaient royalement même si le bruit occasionné progressait dans les décibels au fur et à mesure que les aiguilles des montres avançaient, et parmi ce vacarme le scooter y allait aussi de la voix, un « tut » aigu, calqué sur les notes du SOS, trois courts, trois longs, trois courts et ainsi de suite.

Guillaume Clément appuyait à intervalle régulier sur le bouton comme les autres. Il se mêlait à la cacophonie ambiante avec vigueur. La tentation de dépasser l'obstacle était alléchante, mais elle signifiait aussi griller le feu rouge qui s'éternisait à changer de couleur, et franchir une ligne continue en plus du panneau « interdit de doubler en agglomération » à l'entrée de la commune, trois infractions en moins de trois minutes.

La situation s'aggrava quand un cycliste, se croyant le plus malin des êtres humains sur la planète, prit l'initiative de rouler sur le trottoir et renversa une grand-mère avec son chien en laisse. Guillaume avait assisté à la scène. Le vélo avait foncé direct sur le fil tendu ce qui avait eu pour conséquence la chute de la vieille et celle du cycliste, deux curieux observant le manège des engins et non le danger surgissant devant eux. Résultat : les pompiers entrèrent dans la danse.

La sirène s'ajouta à la symphonie. Les hommes du feu se frayèrent une voie à grand renfort de gyrophare et de mouvements du bras de bas en haut par la fenêtre ouverte. Les ouvriers stoppèrent, désireux de visualiser ce qui venait de se produire derrière eux, et l'encombrement de la chaussée grimpa dans l'échelle du « bordel » environnant.

Lorsque Guillaume actionna le bip du portail automatique de la demeure familiale, il était furax. Il avait le visage aussi rouge que les briques de la maison. Quarante-cinq minutes de perdues. Trois quarts d'heure à se geler le cul sur la selle. Il coupa le moteur, positionna le scooter sur sa béquille contre la murette.

Il ouvrit la porte d'entrée en enlevant sa doudoune d'une teinte vert kaki d'une main, sac à dos à l'épaule, geste qu'il pratiquait avec dextérité depuis sa tendre enfance. Il jeta le vêtement sur le canapé d'angle gris anthracite du salon, balança son sac à dos sur le tapis gris foncé en forme de vagues, posa les pieds sur la table basse gris souris et attrapa la manette de la console de jeux. Il estima devoir se détendre au moins une heure avant que ses nerfs soient calmés dans cet univers à la décoration tellement grise. Il n'avait jamais compris pourquoi sa mère avait choisi de meubler cette pièce en un dégradé de gris aux tonalités différentes alors que la cuisine était rouge et noir, la salle de bains d'un ton vert d'eau et les chambres dans des nuances de bleu. Il avait renoncé à trouver la solution en déduisant que le choix maternel s'était porté sur une couleur révélant moins la salissure. Selon lui, c'était complètement idiot, la poussière se voyait malgré les efforts de sa mère à la supprimer, tempêtant tous les samedis le chiffon à la main, maudissant les gens de passage qui frottaient leurs semelles sur le tapis tel un paillasson, et qu'elle recevrait de toute façon les dimanches, car elle aimait entendre les louanges proférées par ses collègues s'extasiant sur un intérieur parfaitement tenu. En attendant qu'elle rentre de l'hôpital, Guillaume, imitant à la perfection les invités de la veille, profita de son absence en ayant les jambes en l'air, les godasses sur le meuble, absorbé par le nouveau jeu de sa PS4 et défendit son camp avec rage contre un ennemi virtuel.

Depuis environ trente minutes, il lançait ses troupes à l'assaut d'un fortin. Il était en train d'ordonner à ses archers de décocher des flèches enflammées lorsque la sonnerie du téléphone fixe se mit à retentir. Le jeu en pause, il maugréa et se traîna jusqu'à l'appareil.

— Ouais.

— C'est moi.

— Putain ! Pourquoi tu appelles sur ce numéro ? J'étais sur la console.

— Je n'ai plus de batterie.

— Et tu n'as pas songé à le brancher ?

— Je n'ai pas le chargeur sinon je l'aurais fait. C'est ma frangine qui l'a.

— Bouffon !

— MDR ! Tu as fini « l'exo » de maths ?

— Ouais, hier.

— Tu me l'envoies ?

— Tu es chiant ! Tu ne peux pas t'y coller !

— J'ai oublié et maintenant je n'ai plus le temps, je pars à l'entraînement.

— C'est bon, je te le scanne, mais tu es vraiment trop chiant.

— C'est la dernière fois.

— Tu dis toujours ça. Je te laisse, la mère ne va pas tarder à rentrer et j'ai mis en pause.

— OK, c'est cool mon pote. À demain.

— Ouais, à « pluche ».

S'il croit que l'entraîneur de l'équipe de France junior va le sélectionner, il se fout le doigt dans l'œil jusqu'au coude, pensa Guillaume en se dirigeant vers sa chambre avec le téléphone dans sa main droite. Ce n'est pas un « blanc-bec » issu d'un petit club minable de quartier qui intégrera demain l'équipe nationale de foot. Il ferait mieux de bosser au bahut.

À peine avait-il reposé le combiné sur sa base qu'il entendit le portail enclencher l'ouverture, suivi de près par le claquement d'une portière. Bientôt, viendrait le cliquetis de la clé dans la serrure.

Eh merde !

Guillaume se rua dans le salon, passa sa manche sur la table basse, enregistra la partie, rangea la manette dans le panier avec la télécommande et gonfla les coussins du canapé, effaçant les traces de son forfait. Ensuite, il fila dans la cuisine et ouvrit le réfrigérateur. Il s'empara du sachet de feuilles de laitue en vrac, de trois tomates, du concombre entamé et d'une mangue. Il était en train de couper les fruits et les légumes en rondelles quand Jocelyne Michot entra en l'appelant.

— Guillaume, je suis rentrée. Bernard est là ?

— Non. Je suis dans la cuisine.

— Le répondeur clignote. Tu n'as pas décroché ? Il y a deux messages.

— Je n'ai pas vérifié.

Elle arriva dans la pièce en titubant.

— Ça ne va pas, « m'an » ?

— Le message.

— Ouais, ben quoi, le message ?

— Il a été laissé par ce détective que nous avons rencontré au cimetière à l'enterrement de Natalia

— Eh ?

— Le père s'est pendu.

— Quel père ?

— De quel père veux-tu qu'il s'agisse ? De celui de Natalia, bien sûr. Tu suis ou pas ?

— Ah, merde !

— Comme tu dis. C'est Bernard qui aura dû mal à encaisser la nouvelle. Il se fréquentait depuis l'école secondaire. Je le lui dirai tout à l'heure à table.

Le repas va être gai, pensa Guillaume. Terminer la partie me paraît compromis.

Quatre-vingt-dix minutes de temps mort.

21 heures. Devant les crudités, Jocelyne Michot chipotait avec sa fourchette.

Elle fait la gueule, se dit le fils en avalant son morceau de roquefort. Pourtant, j'ai soigné son assiette. J'y ai mis tout ce qu'elle aime.

Guillaume avait préparé le repas en espérant jouer avant d'aller se coucher. En vain. Sa mère était inquiète. Elle squattait le salon depuis qu'ils avaient débarrassé la table.

Somnolant, les draps tirés recouvrant sa tête, il perçut le fond sonore du téléviseur. Il jeta un coup d'œil sur le radio-réveil. 0 h 15. Il se rendormit.

24

— Suicide.

Le mot dans la bouche de Gilbert sonnait le glas dans le cloître. Sœur Agnès l'écoutait en hochant la tête. La religieuse avait l'impression que les bourgeons des rosiers s'étaient assombris en même temps que la révélation, que les tulipes courbaient leurs tiges vers le sol sous le poids du mot, que les pâquerettes flétrissaient après avoir ouï l'acte irréversible. L'inconduite de Diego troublait la sœur de Grand.

Profonde inspiration.

— La vie de l'homme est à Dieu. Le suicide est une rupture dans le pacte de vie avec Dieu.

Le frère resta sans voix.

La frangine s'emmure dans une certitude qui n'appartient qu'à elle, songea-t-il en déambulant à ses côtés.

Lui qui venait chercher un pieux réconfort, les rôles s'inversaient. C'était à lui d'apaiser l'âme de sa sœur aînée.

— Il n'a pas réussi à surmonter la mort de Natalia, tu sais.

— Tout être qui naît est un condamné à mort, déclarait Lavoisier.

— Je connais cette phrase. Tu me l'as répétée souvent quand j'étais petit.

— Afin de t'enseigner que l'attachement terrestre est fragile comme le fil d'une toile au milieu des feuilles dans la rosée. La vie n'est qu'un passage.

— Perdre son unique enfant a été douloureux. Il était inconsolable. Ajoute les factures et les relances des créanciers sur un être fragilisé, la mort devient une délivrance. Elle s'inscrit dans la fatalité.

— Qui a tendu vers lui une oreille attentive ? Qui a accueilli son appel de détresse avec bienveillance ? Où étaient ses amis ? Où étais-tu, Gilbert ?

— Tu me fais mon procès, ma sœur ?

— Tu as raison. Qui suis-je pour te juger ?

Sœur Agnès caressa la corolle dentelée d'une tulipe rouge. Elle leva son visage vers son frère, puis baissa les yeux. Sans prononcer une parole, elle prit la direction de la chapelle.

Expiation de la faute.

Gilbert, pantois, la regarda s'éloigner. Il adorait sa frangine, mais, là, il considérait qu'elle avait dépassé les bornes, qu'elle n'avait pas à le culpabiliser de cette manière. Chacun est libre de croire ou pas, pensa-t-il en regagnant sa voiture. Elle connaît mon point de vue : la religion est une béquille sur laquelle l'homme s'appuie pour affronter la dure réalité de la vie. Ses émotions l'ont submergée ce soir. Elle a coulé à pic dans l'océan des certitudes soulevé par les vagues d'incertitudes.

25

J +14

L'épouse avait éteint le poste de télévision. Jocelyne Michot en avait eu assez de veiller quelqu'un qui ne rentrerait pas.

Depuis trois mois, mon cher et tendre époux s'absente régulièrement, songea-t-elle en se brossant les dents dans la salle de bains. Il affirme être en réunion jusque tard dans la nuit. Je doute de la véracité de ses paroles. Je ne serais pas la première à qui le mariage bat de l'aile au bout de six ans. On affirme que le couple doit dépasser les sept ans de vie commune, ensuite les dix ans la période de consolidation, les quinze ans chacun a pris ses marques, à partir de vingt ans, on crie victoire, car la routine s'est installée, l'homme et la femme vont vers les noces d'argent dans une totale ignorance. Bernard approche les quarante ans et cela perturbe sa virilité. Le démon de midi l'ensorcelle. Je jurerai qu'il broute l'herbe dans un pré verdoyant où de jeunes pousses exhalent un parfum de fraîcheur au lieu de l'herbe fanée qu'offre une femme de 41 ans comme moi. La fidélité n'a de vrai que le titre. Putain de mariage à la con ! Être cocufiée, je ne l'aurais jamais cru en épousant Bernard. Où est cet homme avenant, si délicat, si attentionné, si attentif à ne pas blesser Guillaume de peur que l'enfant ne se braque ? Quelle vie de merde ! On souffre physiquement et moralement, avec le sourire en prime. Il est 2 h 10. C'est certain, maintenant, il découche. Et dire que demain, je commence à 8 heures. Je devrais dire aujourd'hui. Il est impératif que je dorme un peu sinon je risque de me tromper dans les dosages de produits anesthésiants. Adieu le bloc opératoire et bonjour le procès. Je n'ai pas envie que l'hôpital me jette en pâture à ces chiens d'avocat comme a fait le directeur avec Virginie. « Qu'elle endosse la responsabilité de son geste ! » avait-il défendu au tribunal. Quel baratin ! Facile à lui de clamer qu'il nous faut laisser nos problèmes personnels à la maison quand on est assis derrière un bureau, confortablement installé dans un fauteuil de ministre. Certes, je détiens le pouvoir de vie ou de mort avec mes flacons et mes ampoules, j'en suis consciente, j'ai été formée en ce sens, mais je suis aussi un être humain avec mes faiblesses et mes erreurs. Eh merde ! J'ai l'esprit troublé ce soir ! Je déconne à plein régime. Je vais avaler la moitié d'un Temesta et dodo l'enfant dormira bientôt. Avec un entier, je risque d'être ensuquée jusqu'au mitan de la matinée.

Jocelyne remplit à moitié son verre à dents d'eau fraîche, posa le cachet sur sa langue, et déglutit. En trois gorgées le faiseur de faux rêves se dissolvait dans l'estomac, attaqué par les sucs gastriques.

Les brumes de la jalousie s'estompèrent en posant la tête sur l'oreiller. À 2 h 30, Jocelyne dormait profondément.

26

Mardi. 7 h 30.

L'un contemplait l'une. Guillaume lançait de temps en temps un regard vers sa mère. Il observait les yeux bouffis de chagrin. Elle avait pleuré. Il n'aimait pas.

Ce salaud la rend malheureuse, pensa-t-il en buvant son chocolat chaud. Je commençais à éprouver de l'estime pour Bernard. Sa bienveillance toutes ces années a influencé mon opinion vis-à-vis de son comportement. Je ne l'ai pas entendu rentrer. Ce salopard trompe sa femme, c'est-à-dire ma mère, et devinez sur qui elle s'énervera avant ce soir ? Sur ma pomme, bien sûr.

— Dépêche-toi, Guillaume, tu nous retardes à bayer aux corneilles.

Et voilà ! Ça n'a pas traîné.

— Si tu n'en veux plus, verse-le dans l'évier et emporte une barre céréalière.

— Pourquoi ?

— Pour manger, pardi ! Tu n'as rien avalé de nourrissant ce matin. À ton âge, tu brûles des calories. Les batteries sont vite à plat.

— C'est bon, j'en prends une. Laquelle ?

— N'importe. Choisis, répondit-elle en quittant la cuisine.

Elle va vraiment mal. J'ai pris l'Ovomaltine et elle n'a pas relevé. Tiens, je l'entends qui téléphone dans le salon. Côté discrétion, c'est loupé, je capte tout. Le message est clair : en gros, tu rappliques ou tu te tires. Bonjour la soupe à la grimace et les engueulades. C'est moi qui trinquerai en ricochet si le mari ne montre pas sa tronche d'ici ce soir.

— Guillaume, je termine le service à 15 heures Je rentrerai directement. Et toi ?

— À 16.

— Au cas où tu aurais Bernard au téléphone à midi, préviens-le du décès de Diego.

— Je le fais à ta place ? Je croyais que tu t'en chargeais.

— C'est mieux que de l'apprendre par un inconnu. Je serai coincée au bloc pour une longue intervention ce matin et je serais encore bloquée à midi. En conclusion je ne serais pas joignable alors que toi, oui.

— OK.

— Mets-y les formes. Un suicide est traumatisant pour l'entourage.

— Bernard encaissera. S'il rentre, ajouta-t-il à voix basse.

— Qu'est-ce que tu viens de dire ? s'emporta Jocelyne.

— Je ne suis plus un enfant, « m'an ». J'ai capté. Il s'envoie en l'air avec une autre quand il raconte qu'il est en réunion. Pas la peine de le cacher.

Jocelyne s'apprêta à gifler son fils et se ravisa aussitôt. Les paroles étaient dures et vraies, il était inutile de nier les faits.

Elle se regarda dans le miroir de l'entrée en enfilant son manteau. Des ridules sur le visage, des cernes, pas maquillée, les racines de ses cheveux visibles, elle était méconnaissable.

Merde ! Je m'enlaidis sans m'en apercevoir. Ce n'est étonnant que mon mari me fuit. Je ressemble à une vieille demoiselle qui se néglige, n'ayant personne à qui plaire.

Elle détailla ce qu'elle portait.

Guillaume était déjà dehors.

J'ai attrapé les fringues que j'avais à ma portée. Elles sont dépareillées. Je suis attifée comme un as de pique. Il faut que je me ressaisisse.

— Guillaume, attends, cria-t-elle avant qu'il ne mette son casque. Puisque j'ai du temps de libre cette après-midi, j'irai chez le coiffeur, et, ensuite, je ferai du lèche-vitrines. Je serais là vers 17 h 30 ou 18 heures. Nous dînerons au retour de Bernard. Je ramènerai le DVD que tu voulais visionner.

— OK, « m'an ». Salut.

— Salut, fils.

Jocelyne ferma la porte de la maison, monta dans sa voiture, démarra avant que le portail ne se ferme, et suivit le scooter jusqu'à la départementale.

Appel de phares signifiant l'au revoir maternel.

À chacun sa route, à chacun son destin.

27

Un individu, quelque part sur la terre, jubilait. Il avait enfin trouvé sa voie, il entrapercevait la fin des mois difficiles. Demain, il oublierait la faim qui lui tenaillait si souvent le ventre, et les paquets de cigarettes économisés.

Il ne regrettait pas son investissement, les quatre billets de cent euros qu'il avait tendus à la caissière d'une main fébrile. Son paquet sous le bras, il n'avait eu qu'une hâte en sortant du magasin : essayer son achat sur n'importe quelle route ou chemin et par tous les temps. Il n'avait pas été déçu. L'objet avait été conforme à ses attentes. Robuste. Léger. Facile à transporter et à manier. Dès les premiers tours de roues, il avait été à l'aise sur la selle, l'assistance électrique favorisant son déplacement. Deux fois qu'il s'en servait, deux fois une réussite.

Enthousiaste dans sa cuisine, l'homme admirait son vélo tenant sur sa béquille, en essuyant minutieusement la lame de son couteau. Abandonnant définitivement les petits larcins, il avait franchi la cour des Seigneurs par la « Grande Porte ». Désormais, on prononcerait son nom avec respect, le boulot afflueraient, il serait adulé par les inférieurs, ceux qui n'osaient pas affronter le passage à l'acte. Bientôt, on le solliciterait au-delà du département, de la région, puis, il en rêvait, du pays. L'international. Du fric à la pelle sans se baisser pour le ramasser. Des SMS à gogos avec les noms et les adresses fournis des cibles à atteindre. Un travail facile apporté sur un plateau.

Il compta une nouvelle fois l'argent qui était en sa possession. Bientôt, il traiterait en direct avec ses commanditaires. Dans sa poche, la commission des intermédiaires.

L'individu fit miroiter l'acier poli sous le plafonnier. Superstitieux, il toucha le jeu qui était resté sur la table depuis la veille au soir. Il posa le couteau à sa droite et distribua les cartes sur la toile cirée. Par crainte de perdre, il empêcha ses neurones de prononcer un vœu. Maître mot : volonté. La volonté à se maîtriser. La volonté à s'entraîner. La volonté à se perfectionner.

Des clients, il y en avait partout. Des cobayes aussi : les drogués, les SDF, sans omettre l'espèce animale, en particulier le chien errant qui vous transperce les chairs avec ses crocs assoiffés de sang.

Il posa la première carte. La dame de trèfle sur le roi de trèfle. Le symbole de l'abondance pécuniaire. La réussite commençait par l'argent, c'était un signe et les signes ne se trompaient pas.

28

Jocelyne Michot entassa les paquets dans le coffre arrière de la Fiat 500. La carte bleue avait chauffé dans les boutiques de Point Sainte Marie avec l'achat d'une jupe blanc cassé à volants Naf-Naf, de deux robes légères Armand Thierry dont une jaune à fines bretelles et l'autre rose pâle, de trois chemisiers du Comptoir des cotonniers dans des dégradés de beige, et d'une paire de sandales dénichée chez un chausseur italien, Minnelli, dont elle ignorait la marque jusqu'à présent. Côté sous-vêtements, elle avait hésité et avait préféré s'abstenir jusqu'au virement de son salaire qui ne saurait tarder, la fin du mois approchant. Un ensemble culotte et soutien-gorge en dentelles coûtait plus cher qu'une robe. Moins il y avait de tissu, plus était onéreux l'article. Elle avait choisi un string qui équivalait le prix d'un débardeur, elle l'avait reposé sur le présentoir, elle avait renoncé à l'acheter. Ces emplettes entamaient un peu son budget courses, elle rognerait sur l'alimentation aux prochaines dépenses. Après tout, elle ne fumait pas, consommait de l'alcool modérément si on considérait qu'un apéritif le dimanche était une consommation non abusive, n'était pas dépensière si elle se comparait à ses amies qui satisfaisaient leurs désirs avant ceux de leur famille, alors, oui, pour une fois, elle avait eu un comportement égoïste, excepté le DVD repéré par son fils et dont ils profiteraient tous.

Elle se contempla dans le rétroviseur. Elle secoua sa chevelure, passa ses doigts dans les boucles rousses tombant sur ses épaules. Il était loin le temps des cheveux relevés et du chignon. Sur les conseils de la coiffeuse, elle avait opté pour une coupe jeune à la couleur flamboyante qui devait la rajeunir, et le résultat était bluffant. Elle rayonnait. Bien dans son corps, bien dans sa tête. Elle estima être en mesure de rivaliser avec les traînées que son mari fréquentait. Au besoin, elle titillerait son orgueil de mâle en invitant le staff à un barbecue, vêtue d'un décolleté provoquant et d'une jupe courte avec des escarpins à talons aiguilles dès qu'il ferait suffisamment chaud. Deux, trois verres de rosé frais autour d'une merguez, et il y aurait au moins un homme gentiment éméché qui s'aviserait à la draguer. Elle entrerait aussi dans le jeu en poussant le vice à l'aguicher.

Si je dois me comporter en salope pour reconquérir mon mari, je sais faire, clama-t-elle dans l'habitacle en mettant le moteur en marche.

À 18 h 15, le verdict tomba. Guillaume n'avait pas eu des nouvelles du mari. Une absence lourde de sous-entendus. Bernard Michot n'avait pas regagné le domicile conjugal à cette heure. La désertion attira le courroux de la belle. Elle dégaina son téléphone portable et appuya sur la touche bis. Inévitablement, le répondeur s'enclencha. Jocelyne parla d'une voix neutre, réprimant sa colère.

Nerveuse, elle entreprit de couper les étiquettes antivol de ses vêtements neufs dans la cuisine et jeta ces dernières dans la poubelle. Elle décongela une pizza « Sodebo » dont les ingrédients plairaient à Guillaume, certaine qu'il dévorerait sa part en oubliant la suite du dîner. Puis, elle se servit un verre d'eau pétillante avec une rondelle de citron. Les bulles chatouillèrent sa langue en s'écrasant sur les papilles. Elle se désaltéra avant de ranger ses emplettes dans son dressing.

À 19 heures, elle laissa un deuxième message sur le répondeur de l'homme infidèle.

À 20 heures, elle ne tenait plus en place telle un lion dans sa cage. Elle refit le numéro et coupa la communication avant que le bip du répondeur ne retentît.

À 20 h 05, le fils s'installa devant son assiette, attiré par l'odeur, affamé et assoiffé. La mère sortit la pizza du four et la posa sur le dessous-de-plat. Jocelyne commença à découper en un semblant de parts égales. Sa main tremblait de rage. La roulette à pizza dévia de son tracé. Guillaume lui prit l'ustensile des doigts.

— Laisse, « m'an ». Je vais le faire.

Il déposa une portion d'un quart de pizza dans chaque assiette.

Jocelyne picorait en regardant la chaise vide, la pilule coinçait dans la gorge.

— Tu veux finir ?

— Ben, ouais, si tu n'as pas faim.

Elle ne répondit pas. Elle tapotait de la pointe de son couteau la nappe en coton damassé vieux rose au risque de la trouer.

— Cela ne sert à rien que tu l'attendes, « m'an ». Il ne viendra pas. Comme hier. « Bis repetita ». Tu n'as qu'à joindre ce détective. Il n'aura qu'à le fliquer et tu auras ta réponse au lieu de te morfondre. Et au moins j'aurais la paix, pensa-t-il en l'observant.

— Oui, peut-être.

— Sûr. Mieux vaut savoir. Un homme averti en vaut deux.

— Tu finis de manger, je débarrasserai après. Je vais préparer le lecteur.

— Je peux emmener l'assiette ?

— Allez, viens, capitula Jocelyne.

— Cool.

À 22 h 15, le lecteur cracha le DVD. Guillaume regagna sa chambre et sa mère, la cuisine.

À 23 heures, Jocelyne fit défiler les appels entrants du téléphone fixe et nota le numéro du détective sur un bout de papier.

À 23 h 30, elle laissa un message à Grand, demandant qu'il la rappelle sans préciser le motif de sa requête.

À 23 h 40, elle se glissa sous les draps. Seule.

29

J +15

La forêt de La Traconne s'enflammait au soleil levant, ce mercredi. Pas un nuage dans le ciel. Le feuillage des chênes rougeoyait, les branches de ces arbres robustes étaient léchées par l'astre flamboyant. Le chauffeur aveuglé stoppa net le camion.

— Qu'est-ce qui te prend à t'arrêter en plein milieu, Romain ? Tu es malade ou quoi ? J'ai failli me péter le nez contre le pare-brise.

— Tu n'avais qu'à ne pas enlever ta ceinture.

— Je cherchais la carte dans la boîte à gants. Il ne s'agirait pas de se tromper. La parcelle appartient à un privé, nous a dit le patron. Elle n'est pas dans la zone communale.

— Raison pour laquelle j'ai stoppé. Tu me prends pour un bœuf ou quoi ? Alors, je tourne à droite ou à gauche ? Ligne 8 ou ligne 13 ?

— Deux minutes que je m'oriente.

Jean-Luc traça une ligne imaginaire sur le plan cadastral.

— Par là, à droite, la 8.

— Tant mieux, le nombre 13 porte-malheur.

— N'importe quoi ! Dicton de bonne femme ! Le treize est un nombre qui vient après le douze et précède le quatorze. Allez, roule ! On va au plus loin et, après, on reculera en abattant au fur et à mesure.

Romain enclencha la première, embraya et accéléra doucement, les pluies torrentielles de l'hiver ayant creusé leurs lits dans la terre malmenée. Des trous de la profondeur d'un avant-bras ponctuaient le parcours.

— Mais qu'est-ce que cette bagnole fabrique sur l'unique endroit où je peux stationner ?

— À mon avis, Romain, le mec ou la gonzesse roupille.

— Et comment je me gare maintenant ?

— En travers. Elle n'avait qu'à ne pas être garée là. Avec le boucan qu'on fera tout à l'heure, on viendra nous chercher pour déplacer le camion.

— Guide-moi. Je ne tiens pas à abîmer la carrosserie de cette Audi, ni à esquinter la nôtre.

— Ne bouge pas, je descends.

Jean-Luc sauta et s'enfonça dans le sol.

— Fais gaffe ! La terre est meuble ! Recule vers moi ! Pas par là, plus à droite ! À gauche maintenant, c'est plus sec ! Stoppe tout ! Ça ira !

Le moteur hoqueta en pétant des vapeurs de gasoil par le pot d'échappement.

— Qu'est-ce qu'il chlingue ce bahut ! râla Jean-Luc. Il ne passera pas le contrôle technique cette fois-ci. Nous allons devoir le dire au patron qu'il pue le diesel.

— Ce n'est pas notre problème. Tant qu'il roule, moi, je conduis ce tacot, point barre. Tu n'avais qu'à te pousser au lieu de rester planter à son cul, tu n'aurais pas reniflé les gaz.

— Ta gueule !

Romain éclata de rire, un rire franc et direct qui le plia en deux. Il aimait charrier Jean-Luc et ce dernier lui ripostait en ajustant la valeur de ses mots qu'il puisait dans le vocabulaire des vauriens.

Ils déchargèrent le matériel sans oublier le thermos et les gobelets en plastique, la baguette de pain et les tranches de jambon sous cellophane.

Ils s'approchèrent de l'Audi coupé S. Un homme aux cheveux roux de taille moyenne semblait dormir tout habillé sur la banquette arrière, allongé sur le ventre, les jambes pendantes.

— Il y en a qui pète plus haut que leur cul, ironisa Romain. Ça s'habille comme un prince, belle pelure, beau froc et belles godasses, et ça dort à la cloche.

— Sans compter le prix du modèle, ajouta Jean-Luc en émettant un sifflement d'admiration. Des jantes larges, des pare-chocs et des rétroviseurs chromés, double carburateur. Et tu as vu le tableau de bord ? Sobre et classe. Volant en cuir. Le top !

— Sauf que ton modèle, il date des années soixante-dix. À l'achat, cette bagnole ne vaut pas grand-chose, tu l'as pour une bouchée de pain.

— Et alors ? Le mec est un amoureux des vieilles voitures, un collectionneur passionné.

— Qui dort dedans loin de la route et qui lui fait subir les intempéries ? Ça ne colle pas.

— Tu as peut-être raison. Ce mec est en cavale. Il se planque. On ne va pas chercher les emmerdes. Tirons-nous d'ici avant qu'il se réveille. Quand il viendra nous chercher, on aura nos outils dans les mains, il ne nous cherchera pas des noises.

Après dix minutes de marche, ils s'assirent sur un tronc et étudièrent le terrain. Le matos à leurs pieds, mordant dans leurs sandwichs et buvant leurs cafés, un jus tenu au chaud dans le thermos de Jean-Luc, ils comptèrent les marques orange fluo qui avaient été laissées par le responsable de l'entreprise SMARDA, une scierie qui pratiquait aussi l'abattage, l'élagage et le déblaiement en réduisant les branches de calibre moyen en de minuscules copeaux. Le nombre d'arbres marqués présageait une semaine de boulot au moins. La forêt était touffue, la tâche ne serait pas aisée. Ils envisagèrent différents points de départ. Ils n'avaient pas droit à l'erreur. L'arbre devait s'écrouler au bon endroit.

« Sinon ce sera le massacre à la tronçonneuse » rigola Romain, fier de sa boutade.

À 8 h 45, ils attaquèrent, les casques antibruit sur les oreilles, communiquant entre eux par signes. Les tronçonneuses vrombissaient au rythme des « han » des deux ouvriers. Les oiseaux s'envolaient avant l'impact des troncs touchant le sol. Blessés à mort, les rois gisaient sous un amas de feuilles et de ramures cassées avec leurs boules de gui éclatées, vestiges aux billes translucides pleurant leurs inutilités au prochain nouvel an. Près d'un demi-siècle à croître réduit à néant en quelques minutes. À chaque chêne abattu, il fallait débiter, découper en morceaux les branches principales et finir par les branches secondaires, entasser les bouts de bois, déblayer le terrain afin que la broyeuse puisse y accéder facilement et réduise la quantité à transporter à la scierie du boss.

À l'heure de midi, la faim tenaillant les bûcherons, ils retournèrent au camion. Ils regardèrent à travers la vitre latérale de l'Audi. L'homme était toujours étendu dans la même position. Il ne semblait pas avoir remué d'un pouce.

— Ben dis donc, celui-là, il en tient une bonne de cuite, se moqua Romain. Il cuve encore.

— Tu le laisses pioncer et viens donc bouffer, annonça Jean-Luc qui avait déballé le réchaud à gaz avec la casserole, ouvert la boîte de raviolis Buitoni, sorti les couverts et le restant de la baguette.

— En tout cas, le vacarme ne l'a pas dérangé, justifia Romain en remuant les raviolis dans la casserole avec la cuillère.

— Évite qu'ils accrochent et occupe-toi de tes fesses pendant que je vais pisser. Je n'ai pas envie de bouffer cramé.

— Ta gueule !

À son retour, Jean-Luc tendit le bras et embrocha un ravioli, souffla dessus par principe et le mastiqua un instant avant de l'avaler.

— C'est chaud.

— OK.

Ils mangèrent à même la casserole, piquèrent les petits carrés de pâte farcis jusqu'aux derniers, léchèrent les fourchettes et saucèrent avec le pain jusqu'à ce que les parois de la casserole soient propres. Toute la baguette y passa, il n'en resta pas une miette pour le fromage. Ils tapèrent dans le camembert en mordant dedans à tour de rôle. Ils se rincèrent le gosier avec de l'eau minérale en bouteille de 2 litres en buvant au goulot, dédaignant les gobelets qui servirent de nouveau en étant remplis de café. Romain rota, signe que le repas était bon. Il s'éloigna pour aller pisser à son tour.

Pendant ce temps, Jean-Luc s'approcha de la voiture. Il trouvait le sommeil de l'individu bizarre après le bruit occasionné par la tronçonneuse. Même lui, avec son casque, il l'entendait, certes assourdi, mais encore audible, alors un homme sans protection auditive, ce n'était pas normal qu'il n'eût pas été incommodé. Il tapa au carreau. Pas de réponse. Il tenta d'ouvrir la portière arrière. Aucune résistance. Il ouvrit en grand. Il toucha l'homme endormi. Aucune réaction. Il le secoua et le souleva du côté gauche. Il vit la tache de sang sur le tissu. Il le retourna à moitié et gueula.

— Romain, grouille ! Viens voir !

— Qu'est-ce qu'il y a ? dit-il en remontant sa braguette.

— Zieute le mec. Il est couvert de sang.

— Merde !

— Qu'est-ce qu'on fait ?

— Je n'en sais rien.

— On joint le patron ?

— Ouais. Bonne idée. Qu'il se débrouille avec ça, et nous, on retourne bosser. Je ne tiens pas à avoir des emmerdes.

— Moi non plus.

Jean-Luc annonça la trouvaille par téléphone.

— Qu'est-ce qu'il a dit ?

— Il s'en occupe. Nous, on continue le boulot.

— Ça me va.

— À moi aussi.

30

À 13 h 30, Monsieur Smarda arriva sur les lieux et découvrit l'espace mortifère. Ses employés étaient innocents. Il les soutiendrait, contrant les insinuations de ce policier en faction, en dépit du fait que les empreintes de Jean-Luc étaient forcément sur le cadavre puisqu'il l'avait touché. Il ne souhaitait pas que le chantier pâtisse de cet élan spontané de générosité envers autrui. La précipitation récurrente de Jean-Luc à aider son prochain était notoire. Un ouvrier altruiste qui était surtout un excellent bûcheron et dont la scierie ne pouvait se passer.

Au loin, les tronçonneuses fonctionnaient. Le chef d'entreprise se détendit au doux son des machines-outils. Le chantier ne souffrirait pas de cette malheureuse intrusion dans la parcelle. Ses deux gars ont eu du nez, pensa Smarda. Ils ont commencé par l'Est. Le véhicule abandonné ne nous gêne pas et d'ici que les arbres soient à terre, la flicaille aura fiché le camp.

Smarda tenta une approche auprès du capitaine Dupuis qui le remercia poliment en lui demandant de dégager.

Oui, Dupuis avait noté les renseignements fournis par ces employés.

Non, ces deux ouvriers ne seraient pas convoqués au commissariat, et oui, ils n'étaient pas suspectés en un premier temps, car le légiste avait estimé l'heure de la mort en dehors de leurs horaires.

Oui, Smarda pouvait aller leur parler, lequel se dépêcha de fuir la scène de crime de peur que le policier ne se ravisât subitement. Avec la police, on ne sait jamais sur quel pied danser, songea-t-il. Rien ne peut être noir ou blanc, tout est gris comme un chat dans la nuit.

Le chef d'entreprise avait eu raison de s'éloigner, car Dupuis eut un éclair de lucidité : le repérage au préalable des arbres de la parcelle, puisque ceux-ci portaient sur leurs troncs les stigmates de leur futur, pourrait coïncider avec l'heure du crime.

Le capitaine envoya le brigadier rattraper l'homme avant qu'il n'ait disparu dans le sous-bois en enjambant les racines moussues. En attendant que son collègue revienne, Jacques fureta dans l'habitacle de l'Audi : boîte à gants, vide-poches, porte-gobelet, sans omettre l'organisateur accroché à l'arrière du siège passager. Il récupéra deux téléphones dont un prépayé. Il faudrait demander à l'équipe informatique de craquer les codes d'accès, une facturette d'hôtel se situant à Sézanne, plusieurs cartes de visite dans un porte-documents qui contenait aussi divers dossiers, une trousse de toilette comprenant un rasoir jetable, une brosse à dents et un dentifrice neuf encore dans son emballage, des papiers d'identité. La victime s'appelait Bernard Michot, un patronyme qui ne lui était pas inconnu, mais il n'arrivait plus à se souvenir d'où il tenait cette impression de déjà entendu.

Dupuis continua sa besogne l'esprit préoccupé par ce maudit nom qui accaparait ses pensées. Soudain, il revit la scène.

Elle lui apparut claire comme de l'eau de roche. C'était lorsque le légiste avait emporté le corps du pendu et que son ami détective s'était écarté du groupe pour téléphoner. Il avait prononcé la phrase : « je vais contacter Michot ».

Avoir deux homonymes dans la ville serait une drôle de coïncidence, pensa le policier. Avec les échauffourées qui ont eu lieu depuis deux jours entre les mômes de la cité, le nom Michot m'était sorti de la tête. Je n'avais pas fait le rapprochement avec Gilbert.

Il composa son numéro avant d'oublier.

— Salut Gilbert, c'est Jacques à l'appareil.

— Salut Jacques. Quoi de neuf ?

— Michot.

— Justement, je voulais te joindre à son sujet. Sa femme m'a laissé un message hier soir, car elle le soupçonne d'avoir une maîtresse. Trente-six heures qu'il découche. On aura un constat d'adultère sous peu.

— Ne le cherche plus. Je l'ai trouvé.

— Où ?

— Forêt de La Traconne, du côté de Sézanne, dans sa bagnole, poignardé.

— Non !

— Si !

— Après Natalia et Diego, un autre mort. C'est une hécatombe. La loi des séries.

— À vérifier car je n'ai rien de solide sur quoi m'appuyer. Il n'y a pas de témoin et la chasse étant close depuis une quinzaine, je ne peux pas compter sur les chasseurs. Néanmoins, j'interrogerai la fédération pour connaître les participants des anciennes battues dans le coin, mais j'ai peu d'espoir.

Ce nouveau meurtre ne fendillerait pas sa carapace de flic qu'il avait forgé délit après délit. Il ne flancherait pas devant le manque d'indices.

— Des joggeurs ? Des promeneurs ?

Gilbert pensait au vieux de Chevigny Saint Sauveur.

— Qui voudrais-tu qui s'aventure dans ces profondeurs à la tombée de la nuit où l'ombre prend des allures de spectres et où le moindre caillou devient un obstacle à franchir si tu ne veux pas t'étaler la face contre terre. Tu parles, l'endroit est plus désert qu'au beau milieu du Sahara.

— Tu me tiens au courant.

— Bien sûr. Tu sais où travaille sa femme ?

— À l'hosto.

— Parfait, je gagne du temps. Je file lui apprendre le décès de son mari. Tu n'as qu'à passer au commissariat dans la soirée.

— Je ne te promets rien.

Il y a des circonstances qui sont plus que troublantes, se demanda Gilbert en regardant sa montre. Les aiguilles se rapprochaient des « 15 heures ». Son rendez-vous ne tarderait pas. Il mit de l'ordre dans son bureau. Il déverrouilla la porte de la véranda et remonta le store vénitien blanc cassé. Avoir installé son lieu de travail chez lui, dans cet abri en verre fumé, avait été la meilleure idée de l'architecte. Grand ne s'en lassait pas.

31

Le capitaine Dupuis arpentait le couloir menant au bloc opératoire les mains dans les poches de son jean. C'était déjà exceptionnel d'avoir obtenu l'autorisation d'arriver jusque-là en tenue de civil. Il employait son attente à dévisager le personnel médical et les malades avec leurs charlottes sur leurs têtes. Cette activité l'occupa un moment. Ensuite, lassé de ce jeu puéril, il se plaça en face des portes coulissantes afin de percer le secret du bloc opératoire. Il l'imaginait semblable à la salle de la morgue avec un scialytique, des instruments de toutes sortes sur des tables en inox, des appareils de mesure sophistiqués, un brancard, un négatoscope, des individus s'affairant autour de l'opéré tels des abeilles dans une ruche chouchoutant la reine, il fut déçu. Madame Michot assistait le gastro-entérologue en train de pratiquer une fibroscopie gastrique. Il entraperçut la muqueuse stomacale sur l'écran à travers la petite vitre. Du rose et du rouge, rien de transcendant. Il réalisa que c'était tard pour une personne à jeun depuis le matin.

Au bout du couloir, les portes s'ouvrirent. Un brancardier amenait le patient suivant. Interrogé, il lui confirma que c'était le dernier de la liste programmé ce mercredi. Dans une vingtaine de minutes, assura-t-il, tout le monde aurait quitté la salle en vue de son nettoyage et de sa stérilisation.

Dupuis partit boire un café au distributeur automatique. Lorsqu'il revint, le médecin et l'infirmière anesthésiste avaient terminé, disparu de son champ de vision. Ils sont en train de se changer, affirma la femme de service préposée au récurage. Il patienta en marmonnant.

Le docteur Roland et Madame Michot sortirent ensemble du vestiaire du personnel en discutant. Le capitaine interrompit leur conversation en prenant fermement par le bras l'infirmière anesthésiste. À l'écart du va-et-vient de la salle de réveil qui jouxtait la pièce d'où ils étaient sortis, Dupuis annonça à l'épouse le motif de sa venue, une chape de plomb la recouvrit de sa laideur.

Jocelyne, éreintée par les interventions continues et le manque de calories, elle n'avait pas eu le temps de manger, défaillit. Dupuis la retint par le coude et l'emmena de force vers le distributeur de boisson chaude et celui des en-cas. Il lui tendit un café et reformula sa phrase en pesant ses mots. Une onde lascive parcourut le corps de la femme.

— Côtoyer la mort ne vous endurcit pas. Je suis désolée. Vous êtes certain que cet homme est mon mari ?

— Le véhicule et les papiers correspondent. Seule l'authentification à la morgue par vous-même le prouvera.

— Très bien. Je vous suis.

Soixante minutes s'étaient écoulées depuis que Jocelyne avait fermé les yeux à son époux. Toujours en compagnie du capitaine, elle prévint Guillaume. Incrédule d'abord, l'adolescent s'emporta. Il fustigeait le métier de son beau-père qui l'avait contraint à évoluer dans un milieu de délinquants. Des drogués ! criait-il dans la maison, dealant à la sortie des lycées afin de se payer leur came ! Sa mère essaya de le calmer à distance, Dupuis de le raisonner, rien n'y fit, il ne démordait pas.

— Je dois vérifier les affaires de Bernard, voir ce qu'il manque parmi les objets trouvés dans l'Audi. Je rentrerai dès que je pourrai.

Elle tourna son visage livide vers Dupuis.

— Il a raccroché.

Des larmes perlèrent à ses paupières.

Dupuis s'interrogea sur la fausse sérénité qu'affichait l'épouse lorsqu'il la raccompagna jusqu'à sa voiture. Ce soudain mutisme était-il dû à l'autopsie future ? Habituée aux salles d'opérations, imaginait-elle le corps découpé en morceaux, éviscéré, avec les organes dans des saladiers en inox ? Se représentait-elle le légiste en train de reconstituer le puzzle humain, de pratiquer cette enfilade de points qui ne cicatriserait pas et qui serait grignotée par les asticots ? Il fit démarrer le véhicule de fonction en vérifiant dans le rétroviseur que la Fiat 500 empruntait, elle aussi, l'itinéraire vers le commissariat.

32

Dans le garage éclairé par les néons, Guillaume, révolté, la rage au ventre, ouvrait avec des gestes brutaux les cartons. La lumière blafarde projetait des ombres lugubres sur le mur.

L'objet convoité devait être là, quelque part, parmi tout ce fatras. Son père ne l'avait pas emporté après le divorce, car il l'avait vu entre les mains de sa mère. Il l'avait cherché en vain dans la maison, remuant ciel et terre pour le trouver, ne restait qu'ici.

Putain ! Où il est ?

Il déplaça un coffre et il distingua, enfin, la forme dans une boîte en plastique transparente planquée derrière le meuble. Sa mère l'avait dissimulé à cet endroit jusqu'à en oublier son existence.

Il le toucha avec prudence, vérifia son contenu et le posa sur le sol. Il s'appliqua à aligner correctement les choses qu'il avait bougées. Regard circulaire explorant les lieux. Rangé à l'identique. « Nickel chrome ». Conforme au départ. Il éteignit.

Sac à dos. Doudoune. Casque.

Il ferma la porte d'entrée, appuya sur la télécommande du portail, fit démarrer le scooter et partit.

Ils étaient tous là, fidèles au poste en ce début de soirée. Guillaume coupa le moteur du scoot en évitant qu'il pétarade, abaissa la béquille, posa le sac à dos sur la selle et sortit le revolver à grenailles de la poche extérieure de son sac. La puissance de l'arme flattait son ego. Il était le maître du monde, il allait leur montrer qui il était, et les autres connards trembleraient devant lui.

Il marcha, le bras tendu, les doigts repliés sur la crosse.

J'appuierai sur la détente en visant l'Asiatique, le meneur de la bande. Œil pour œil, dent pour dent, la loi du talion. C'est depuis qu'il est arrivé que ça part en couilles. Bernard l'a répété plusieurs fois à table. Il ramène du cannabis, le fume et le vend. Ce salaud l'a buté parce qu'il avait découvert sa combine.

Guillaume entra dans l'écurie. Li était en train de remplir la brouette de fumier.

— Eh, mec ! Qu'est-ce que tu fous ?

— Ferme-la ! Je vais te faire la peau.

— Ne déconne pas, mec !

— Tu ne piges pas ? Je vais t'allumer. C'est ton tour maintenant.

L'affrontement était palpable. Il suffisait d'une étincelle. Ce fut violent.

— Arrête tes conneries, mon frère. Akhi, abaisse ça.

Peter passa la tête par l'ouverture d'un box.

— Toi, la « zoulette », ferme ta gueule ! hurla Li.

Peter encaissa le mépris et se figea contre les flancs du cheval. Dimitri pénétra dans l'écurie à son tour, suivi d'Eliot et de Vincent.

— Bordel ! Qu'est-ce qui se passe encore ?

— C'est cette face de rat qui se prend pour un dur avec son flingue.

— Guillaume, donne-le-moi.

— Non ! C'est à cause de lui que Bernard est mort.

— Qu'est-ce que tu racontes ?

— La vérité. Alors, tu flippes connard !

Li balança la fourche dans la brouette et se rua sur Guillaume les poings serrés. Une baston pour défendre son honneur et sa réputation. Dimitri intercéda. Il ceintura Guillaume avant que Li ne se jette sur lui. Déséquilibré, Guillaume tira malencontreusement. Dimitri vacilla en renversant Li. En apercevant la tache rouge grandissante sur le pull de son ami, Guillaume lâcha l'arme. Peter se précipita pour la récupérer tandis que Li se dégageait en poussant le corps du palefrenier. Dimitri se tenait le ventre, réprimant la douleur. Li et Vincent coururent vers la maison composer le 15, et restèrent dehors à guetter les secours. Peter appuya sur l'abdomen. Eliot alla chercher des chiffons dans la sellerie. Les deux apprentis épongèrent le sang et se relayèrent au chevet de Dimitri qui respirait faiblement. Guillaume était pétrifié. Il sortit de sa torpeur en entendant la sirène des pompiers sur le parking. Le médecin du Samu procéda aux soins d'urgence.

Au moment où l'équipe médicale s'apprêtait à emporter Dimitri, Yves Trémière entra dans le haras en trottant. L'Anakin écumait, sa robe couverte de sueur. Le cheval avait galopé à travers champs, répondant aux mouvements répétés des talons de son cavalier sur ses flancs. Yves avait pressenti, à juste titre, le danger, en entendant le pin-pon. Il avait envisagé un feu de paille provoqué par les jeunes, il fut surpris d'apprendre le drame qui s'était déroulé pendant sa promenade. Li s'appliqua à détailler la rixe en enfonçant Guillaume.

Choqués, les quatre jeunes montèrent dans l'ambulance avec Dimitri, direction l'hôpital, des vacances forcées parmi les odeurs de maladie et de médicaments. Seul Guillaume demeura avec Yves jusqu'à ce qu'une voiture de police l'emmène au commissariat.

Hébété, Trémière téléphona à Grand.

33

Guillaume tremblait sur la banquette arrière de la voiture de la police nationale en direction du commissariat où, ironie du sort, sa mère s'y trouvait déjà. Ses poignets s'entrechoquaient sur ses genoux, faisant tinter le fer des bracelets. Menotté, il commençait à émerger des limbes où le tir l'avait entraîné. Il visait Li, le coup était parti dans la bousculade et c'était son ami Dimitri qui avait reçu la volée de plombs en plein dans le bide. Un mauvais concours de circonstances. Ce n'était pas ce qu'il avait prévu et, cependant, cela s'était bel et bien produit.

Je suis dans la merde jusqu'au cou. Dimitri a été touché alors que je voulais que ce connard de Li avoue son crime. J'ai tout foiré.

Guillaume refoula la peur et les sanglots en se curant les ongles. Il nettoyait sa peau du sang de Dimitri, cette salissure qui teintait son pantalon et sa doudoune en un « rouge marron foncé » au fur et à mesure qu'elle séchait. Il aurait aimé qu'elle puisse s'effacer d'un coup de baguette magique seulement cette dernière résistait. La tache indélébile du drame devenait le marquage de son crime à l'image d'une bête numérotée, car c'était ce qu'il était devenu maintenant : un animal irréfléchi qu'on amenait à l'abattoir.

Je suis un paria à leurs yeux, pensa-t-il en fixant les deux policiers. Je porte l'étiquette d'un jeune criminel. Je ne vaux pas mieux que Li et sa bande. Dorénavant, je serai fiché avec prise d'empreintes, ADN et compagnie. Je vais avoir droit à toute la panoplie du tueur, les questions qui vous abrutissent et la cellule ce soir.

Lorsque Guillaume Clément débarqua au commissariat vers 17 h 30, il ne s'imaginait pas découvrir un espace aseptisé. Avec les séries qu'il visionnait sur sa tablette, il s'attendait à un décor grouillant de flics entrant et sortant qui seraient accompagnés de détenus à la mine patibulaire, des affiches de hors-la-loi recherchés par Interpol collées sur les murs et des photos de gens disparus placardées dans l'entrée par des familles refusant l'inacceptable fugue ou l'atroce enlèvement ; en fait, c'était tout le contraire. Un silence pesant flottait entre des murs blancs et des fenêtres aux vitres blindées. Un comptoir en inox brossé accueillait de 8 heures à 20 heures et sans interruption le touriste détroussé ou la grand-mère bousculée. Une employée orientait le plaignant vers l'officier disponible afin de recueillir la plainte. Une décoration minimaliste. Il songea qu'il devait y avoir une entrée séparée, invisible au commun de mortels, préservant l'anonymat du criminel de l'indiscret visiteur. Dans un tel contexte, mon cas relève du domaine de la banalité puisqu'on a écarté l'hypothèse de ma dangerosité en me laissant franchir l'entrée principale. Je ressortirai libre, conclut-il. Rassuré par sa propre déduction, il se laissa guider par le policier à travers le dédale de couloirs sans protester.

À l'étage supérieur, dans le bureau du capitaine, Jocelyne Michot était en train d'énumérer les affaires de son défunt mari.

Nul rideau à la fenêtre qui aurait obscurci la pièce. Une longue table occupait un tiers du volume sur laquelle avaient été posés un ordinateur portable, une imprimante Wifi et un pot à crayons. Les deux tiers restants étaient consacrés à une armoire métallique style industriel touchant le plafond, trois meubles bas en métal à portes coulissantes, deux chaises en bois et un fauteuil à haut dossier, un portemanteau à trois boules vissé au mur à droite de la porte qui servait en ce moment de garderie à un parapluie et une veste en coton oubliée de l'été précédent. Tel était l'antre de Dupuis. Sobre. Simple. Sécurisant.

Jocelyne toucha les objets comme si ceux-ci possédaient maintenant l'aura des reliques. La gorge nouée, elle caressa les matières, s'imprégna de leur odeur et de leur texture, autant de souvenirs sacralisés. Elle tiqua en lisant un reçu de carte bleue tiré du portefeuille en cuir sur lequel l'empreinte des doigts avait sali les bords.

— Il manque la MasterCard. Il ne s'en séparait jamais, car il n'avait pas d'espèces sur lui, par prudence, à cause des ados qu'il visitait.

— Vérifiez bien tout. On va se renseigner à ce sujet.

Dupuis ne mentionna pas le téléphone portable prépayé expédié au service informatique supputant qu'elle ignorait son existence, ce moyen de communication par excellence pour ceux et celles entretenant une liaison extraconjugale, ce lien indispensable entre les amants.

— Tous ces papiers, ces cartes de visite, doivent correspondre à des relations professionnelles. Je ne les rencontrais pas. Je ne puis vous aider.

Un brigadier entra sans frapper et glissa quelques mots à l'oreille du capitaine. Dupuis fronça les sourcils.

— Je descends. Continuez en mon absence.

Jocelyne poursuivit la lecture des documents avec la sensation de violer l'intimité de Bernard. Elle feuilletait les rapports, relisait un paragraphe, posait le document sur la pile et s'emparait du suivant. Elle découvrait l'univers dans lequel évoluait son mari : un univers hostile, sans pitié, cruel. Elle comprenait aujourd'hui les silences et les réponses détournées. Elle avait classé l'attitude de Bernard dans la colonne des hommes distraits alors que son homme intégrait celle des personnes soucieuses du bien-être de ses proches en masquant son quotidien, un monde de non-dits et de mensonges par omission, une force de caractère opiniâtre à cacher la vérité. En tirant un nouveau dossier, une facturette s'échappa des feuilles agrafées. Le même hôtel, la même somme, à un mois d'intervalle, un jour de semaine, à la même heure.

Spasmes vertébraux, tremblements à la mâchoire, frissons et secousses nerveuses.

Combien d'escapades dévoilées ? songea Jocelyne. Elle chassa la rancœur et le mépris, la vérité inexcusable. On ne pardonne pas à un vivant, pensa-t-elle, éteinte, amorphe, anéantie par le flot de suspicions et d'amertume qu'elle essayait vainement d'endiguer contre ce raz-de-marée sentimental en replaçant le petit bout de papier au milieu des feuilles. On pardonne à un mort.

Le brigadier remarqua son trouble et feint de l'avoir vu.

Dupuis poussa la porte, laissant passer un Guillaume aux mains déliées qui n'en menait pas large.

— Guillaume, comment as-tu su que j'étais ici ?

— Salut, « m'an ».

— Asseyez-vous, ordonna Dupuis en désignant les chaises.

Il s'enfonça dans son fauteuil noir en simili cuir.

La mère et le fils se dévisageaient, plantés comme des piquets dans le bureau, étonnés par ce concours de circonstances. Guillaume, traumatisé, pensait à l'engueulade qu'il méritait, enfant pris la main dans le bocal de bonbons sauf que les bonbons avaient le goût des balles et que c'était Dimitri qui les avait bouffés.

— Tous les deux.

Le ton était cassant à l'image du professeur dans une salle de classe réclamant ordre et discipline, excluant la revendication si chère aux adolescents boutonneux.

— Que se passe-t-il ? questionna Jocelyne d'une voix implorante.

— Reconnaissez-vous ceci, Madame Michot ?

— Bien sûr, c'est le revolver de mon ex-mari, le père de Guillaume.

— Qui a été utilisé par votre fils sur la personne de Monsieur Dimitri Froissart.

— C'était un accident, revendiqua Guillaume.

— Où était l'arme ?

— Je l'avais caché dans le garage, derrière un vieux coffre en chêne après le divorce. Guillaume était enfant. Je ne tenais pas à ce qu'il mette la main dessus, d'autant plus qu'il était chargé. Je ne savais pas comment m'en servir, ni ôté la charge. J'avais peur que quelqu'un se blesse.

— Ce qui a été fait aujourd'hui par votre fils en se rendant au haras de Monsieur Trémière. Il était en possession de l'arme. Il a menacé les lads et le palefrenier est intervenu. Monsieur Dimitri a été touché à l'abdomen. Vous avez de la chance, jeune homme, sa vie n'est pas en danger, mais il n'empêche que cela reste un délit relevant du pénal et que vous serez déféré au juge d'ici demain. L'arme étant donc cachée, nous sommes en présence d'un acte délibéré et prémédité d'homicide volontaire.

— C'était un accident, je vous dis, répéta Guillaume aux bords des larmes. Ce n'est pas lui que je visais.

— De mieux en mieux, jeune homme. Quel était donc l'heureux destinataire ?

— Ce connard de Li qui deale au haras. Vous n'avez qu'à demander à Dimitri. Il vous le confirmera.

— C'est ce que nous ferons. Pourquoi l'affirmez-vous ?

— C'est Bernard qui le racontait à table. Dis-le, toi, « m'an ».

— C'est exact. Une fois, il avait évoqué le fait. Bernard se plaignait de l'indolence des jeunes le soir. D'après lui, ils planaient et persiflaient les remontrances de mon mari lorsqu'il accusait l'herbe d'être la conséquence de leurs agissements.

— En avait-il la preuve ?

— Je ne crois pas, du moins, il ne m'en a pas parlé.

— Et vous, jeune homme, qu'avez-vous à ajouter ?

— Que Li mentait ouvertement. C'est à cause de son réseau que Bernard a été buté.

L'insistance de Guillaume à être convaincu que Bernard Michot était mort par balles ne l'innocentait guère. Dupuis savait que sa mère n'avait pu lui divulguer la cause du décès : avoir été poignardé de plusieurs coups de couteau avec un cran d'arrêt dont l'un avait été fatal, la rate ayant été perforée, puisqu'il ne l'avait pas quittée depuis la morgue. En revanche, ce que ne savaient pas le fils et la mère relevait d'une bienveillance extraordinaire : le palefrenier n'avait pas porté plainte. Il avait disculpé l'adolescent. D'après les confidences du blessé, Guillaume avait agi sous l'emprise de l'émotion. Dimitri ne se portait pas partie civile en dommages et intérêts pour coups et blessures. La sanction serait allégée.

Le capitaine mit fin au calvaire de la famille Michot. Malgré ce qu'elle avait enduré, Jocelyne refusa d'abandonner son fils en pareilles circonstances. Elle colla au pare-chocs de la voiture de police se dirigeant vers le tribunal.

Avant de se rendre au cabinet d'avocats qui avaient défendu les quatre délinquants placés, des commis d'office, Dupuis joignit Grand. Il était 19 heures. La journée promettait d'être longue.

34

Grand débarqua au couvent sans avoir prévenu la mère supérieure.

À 19 h 30, sœur Agnès s'était retirée dans sa chambre avant complies. Elle arriva en maudissant ce frère qui grignotait le répit qu'elle s'octroyait toujours en soirée.

— J'ai peu de temps à t'accorder, mon frère.

— Je n'irai pas par quatre-chemins, ma sœur. Bernard Michot a été assassiné dans sa voiture, son beau-fils a voulu le venger, il a tiré sur le palefrenier, Dimitri, au haras, en se trompant de cible, il voulait flinguer un jeune dénommé Li qu'il tenait pour responsable de sa mort. Voilà, tu sais tout.

— Mon Dieu ! Elle se signa plusieurs fois. Cet enfant bouleversé a perdu la faculté à discerner le bien du mal dans sa rage à châtier le coupable. Le manichéisme s'égare dans une humanité troublée.

C'est abscons ce qu'elle raconte, la frangine, pensa Gilbert.

— J'aurais simplement dit : un « pétage » de plombs.

— La violence engendre la violence. L'homme abject s'enivre de son parfum. Sans elle, il est un homme creux à l'avenir stérile, il ne peut imaginer son inexistence.

— C'est dans la bible, ça ?

— Non, c'est de moi.

— Ah ! Je me disais aussi.

— Tu dois soigner le corps en te souciant de l'esprit.

— Bof !

— La parabole du bon Samaritain.

— Et celle de l'esprit mauvais qui va-et-vient dans des espaces déserts en cherchant un lieu où s'établir ; ne le trouve pas ; retourne d'où il vient ; là, mécontent de l'ordre part chercher des esprits plus malfaisants que lui ; ils repartent ensemble au lieu du départ et s'y installent. L'état de cet homme est pire qu'au début. Chaque désir assouvi en amène un nouveau qui torture le criminel jusqu'à ce qu'il l'assouvisse et ainsi de suite. C'est le cycle infernal des délits en tous genres, et avoir ses origines dans certains quartiers défavorisés est néfaste, ce qui n'est pas le cas de notre Guillaume et qui n'excuse pas tout.

— Pauvre femme. Le mari et le fils le même jour.

— Un ou plusieurs meurtriers dans la nature. Avec Jacques, nous les traquerons sans relâche. Nous sommes des trappeurs contemporains évoluant dans une société gangrenée.

Le voile de sœur Agnès se balança doucement en écoutant la cloche de la chapelle.

— Méfie-toi, mon frère, que la colère n'engendre pas la sentence.

Ce fut au tour de Grand de hocher la tête. Sœur Agnès perçut de la détermination dans son regard. Gilbert ne baisserait pas les bras. L'inertie était exclue de son vocabulaire.

On ne s'en sort pas de ce merdier ! clama Gilbert en pénétrant dans la serre.

Il éprouvait le besoin de s'apaiser, de renouer avec la plénitude afin d'échapper aux visions nocturnes qui hanteraient ses nuits avec cette accumulation de macchabées. Avec ce troisième cadavre, va-t-on enfin comprendre les deux morts précédentes ou n'y a-t-il aucun lien entre eux ? Un fil électrifié s'est tendu en ligne droite entre ces kilomètres par un être maléfique, accroché aux poteaux noirâtres de la haine.

35

20 heures à Nogent sur Seine, la ville s'endormait. Quelques traînards déambulaient sur les quais en goûtant aux délices d'un printemps capricieux.

Le capitaine Dupuis déclina son identité à l'interphone du cabinet d'avocats : « Lepoisie & Petit ». Troisième étage, porte de gauche. La voix était un poil mielleuse et un poil méfiante.

Le couple attendait sur le pas de la porte. Elle : une longue chevelure auburn, des yeux verts maquillés, pas très grande, élégante dans son pull en cachemire rose fuchsia, son pantalon à pinces beige et ses ballerines ; lui : taille moyenne, un jean noir, un gilet col châle gris chiné à double boutonnage sous lequel on devinait une chemise grise, des boots noires, des cheveux courts châtain et une barbe volumineuse encadrant le visage. Ils devancèrent le capitaine jusqu'à leur salle d'attente.

La pièce était spacieuse, parquetée en ton gris clair, meublée dans un style à l'italienne : canapé d'angle en cuir grège et ses trois fauteuils assortis répartis autour d'une table basse avec son plateau en marbre blanc de Carrare et ses pieds en métal brossé. Le mur du fond n'était qu'une immense bibliothèque wenge quasiment vide, une vingtaine de livres et revues, tout confondu, posés sur les cinq étagères. Quatre larges et hautes fenêtres avec des tentures beiges de part et d'autre donnaient sur la rue. Une moulure cachait les ampoules allumées tous les cinquante centimètres. Par ce procédé astucieux, la lumière dans la pièce était diffuse.

Le capitaine s'installa dans un fauteuil, les avocats sur le canapé. À leurs postures, jambes repliées et mains croisées reposant sur les cuisses, Dupuis intégra le message envoyé par les défenseurs de la veuve et de l'orphelin. Ils mèneraient la danse de bout en bout, dévoilant au compte-gouttes ce que réclamerait l'officier en face d'eux.

Entretien délicat, pensa Jacques en manipulant sa bague en argent afin de se donner une contenance et gagner de précieuses minutes. Il escomptait soutirer une pléthore de confidences au sujet des dossiers des enfants placés, en ayant peaufiné les détails de ses questions sur la route et percer à jour le fameux réseau de drogues revendues en dépit du secret professionnel. Il fut débouté. Recalé, le policier.

Laurence Lepoisie souriait béatement. Elle détourna la conversation vers un autre sujet. Le couple revendiquait leur statut de couple dit « libre ». Leur sexualité était indépendante des sentiments éprouvés l'un envers l'autre. C'était, démontra Patrick Petit, le moyen de contrer la lassitude et l'enfermement de deux individus vivant côte à côte aboutissant dans 65 % des cas au divorce, dans 25 % à une relation hypocrite, argent, sexe, enfant, on avait que l'embarras du choix, et le petit 10 % à une durabilité par crainte de la solitude qui finirait par arriver de toute façon. L'avocate approuva et affirma sa liaison avec feu Bernard Michot, nullement chagrinée par l'annonce de son décès, un sentiment qui correspondait parfaitement à l'adjectif anodin qu'elle attribuait à cette partie de jambes en l'air. D'ailleurs, elle avoua que l'homme s'attachant à une régularité pesante concernant le lieu, le jour et l'horaire, elle avait envisagé d'y mettre un terme. C'était donc chose faite.

Te voilà soulagée, Laurence, ajouta son mari. Cet homme était un boulet pour mon épouse.

Quant aux alibis, ils étaient inattaquables. Le couple avait plaidé ensemble sur une affaire au Tribunal de Grande Instance de Reims, partant tôt le matin et rentrant tard le soir, les tickets de péages d'autoroute, qu'ils exhibèrent, l'attestaient, et les caméras de vidéosurveillance sur le trajet signaleraient la présence de leur véhicule grâce à la plaque d'immatriculation. Il suffirait de réclamer les enregistrements à la société gérant la portion de cette voie. Dupuis ravala sa salive.

Une piste rayée sur la liste des suspects. Dommage, songea Jacques en contemplant la Seine à la lueur des lampadaires. Un mari jaloux était un bon mobile.

36

J +16

À potron-minet, Jacques Dupuis réveilla son ami détective, lequel s'était couché vers une heure, ce jeudi, suite au dernier meurtre et à la réaction du beau-fils qui l'avait perturbé et, pourtant, il avait vécu des situations beaucoup plus tordues que ces dernières 48 heures. Si on lui avait narré qu'un jour un garçon élevé dans le respect des lois et des bonnes mœurs allait se comporter comme un vaurien, il aurait rué dans les brancards en menaçant la personne qui avait osé vilipender le jeune homme. Cet appel téléphonique fut une motivation solide pour sauter dans ses pantoufles après cinq heures de sommeil agité, peuplées de rêves mélodramatiques. Appeler si tôt ne sont jamais de bons augures, pensa Gilbert en rejetant la couette. La musique d'Ainsi parlait Zarathoustra répétait inlassablement les premières mesures dans l'entrée.

Hagard, les lunettes de travers sur le nez, Gilbert avança à tâtons dans la pénombre du couloir, heurta le perroquet des orteils de son pied-droit, poussa un juron et décrocha le combiné en se traitant d'imbécile, car il n'avait pas appuyé sur le bouton-poussoir du plafonnier.

— Oui, j'écoute, dit-il la voix pâteuse.

— C'est moi, Gilbert. Je te réveille ?

— Non, non... Il se passa la main sur le visage et rajusta sa monture.

— Étant donné que je pars pour un flag, je tenais à t'informer de la suite d'hier.

— OK. Vas-y.

— Les alibis des deux avocats sont OK et Madame couchait avec notre Bernard Michot régulièrement. Monsieur batifolait lui aussi à qui mieux, mieux. Je recentre l'enquête sur le détenteur du couteau, on cherche le vendeur de l'article, et l'itinéraire du mort. Côté Fiorentini, les collègues élargissent le rayon d'action, les départements limitrophes ratissés n'ont pas donné quelque chose de tangible susceptible de coincer l'assassin de la fille. C'est la Bérézina. En revanche, le légiste est formel en ce qui concerne le père, c'est bien un suicide, il n'y a aucun doute là-dessus. Il avait ingurgité des cachetons de Prozac avant de faire le grand saut. Selon le psy que j'ai contacté, l'absence de lettre signifie le ras-le-bol, le vide, rien à se raccrocher. Des dettes, seul, inconsolable et hop, on se passe la corde autour du cou. La porte non fermée montrerait que l'acte n'a pas été vraiment calculé. Un coup de déprime intense, le bourdon plus fort que d'habitude, et on abrège sa souffrance morale devenue intolérable.

— En définitive, on patauge.

— C'est ça mon vieux. On manque de mobiles valables, mais je garde les jeunes des canassons sous le coude.

— Tuer pour de la beuh.

— On a vu pire comme motif. Cela pourrait être une banale histoire d'implantation de gang, Michot découvre le pot aux roses, questionne, trouve le territoire et on élimine le gêneur histoire de rester les maîtres sur la place.

— Ça se tient.

— C'est mieux que zéro. Allez, je me casse. On s'appelle. Je te passe le flambeau.

— Ça marche.

Gilbert cligna des yeux en engageant la capsule dans la cafetière. Il plaça le mug sous le bec verseur, appuya sur le bouton et coupa une part grossière de cake. Il emporta le tout dans sa chambre en ayant pris soin d'allumer le couloir au préalable. Il ne voulait pas renverser.

Petit-déjeuner au lit afin de réfléchir calmement.

Il se concentra sur Bernard et Natalia.

J'ai deux cadavres retrouvés au milieu des bois avec des modes opératoires différents. Une victime étranglée et l'autre poignardée excluent le tueur en série. Démêler la pelote criminelle sans localiser le fil du départ ne sera pas simple.

Cette constatation lui mit les tripes à l'envers.

Il faut continuer à creuser. Une progression difficile parmi les cinq W : where, who, when, why and what ; où, qui, quand, pourquoi et quoi.

Il posa le mug et la monture de lunettes sur la table de chevet. Sans sa dose de sommeil quotidien, sept à huit heures minimum, une marmotte disait sa sœur lorsqu'ils étaient enfants, ses idées s'embrouillaient, partaient dans toutes les directions sans que son cerveau arrive à les canaliser. Allait-il pouvoir se rendormir ? Il éteignit.

37

Yves Trémière était fourbu. Les aides manquant, il se tapait le boulot depuis 8 heures ce matin, vêtu de son pantalon d'équitation marine et de sa veste noire en velours côtelé, et chaussé de ses bottes en cuir.

Crottin.

Paille.

Eau.

Granulés.

Et de nouveau, crottin, paille, eau, granulés.

Ras le bol ! Rapide calcul. Il n'y aurait pas assez de granulés pour tous les chevaux. Il puisait copieusement dans les sacs apportés par Michot pour Sultane depuis que ce dernier avait passé de vie à trépas. Il allait devoir les remplacer avant le retour de Dimitri. Il allait devoir puiser dans le pécule récemment acquis. Il s'emporta contre ces pensionnaires qui bouffaient, pissaient et chiaient à longueur de journée, ne rapportant dans les caisses qu'un millier d'euros par mois quand il ne fallait pas secouer les retardataires pour le paiement, méthode qu'il connaissait parfaitement pour l'appliquer lui-même. Maintenant qu'il avait renfloué son compte en banque, ces bêtes en gardiennage le gonflaient. Il avait d'autres chats à fouetter. Il rangea les outils dans le hangar à côté des bottes de paille et alla récupérer le harnachement de l'Anakin. Il attrapa sa couverture et la jeta sur son épaule, décrocha son harnais et s'empara de sa selle. Il sella l'animal, ajusta ses éperons et quitta le haras dépeuplé.

Le cheval allongea le pas sous les ordres de son cavalier, réchauffant petit à petit ses membres ankylosés par le manque d'exercice. L'homme et sa monture longèrent le domaine sur environ deux kilomètres. À la lisière de la forêt, Yves observa le sentier qui s'enfonçait dans les profondeurs sombres et fraîches du sous-bois. Il hésita. Il éprouvait la nécessité de galoper à travers les champs labourés, de sentir le déplacement de l'air sur son visage inquiet. Il avait envie de grands espaces, il n'avait pas envie d'étouffer dans une voie exiguë lui bouchant l'horizon avec des branches qui lui cingleraient le visage ou les bras. Il tira sur la rêne gauche et piqua des talons les flancs. La fougueuse bête se cabra et chercha à désarçonner ce cavalier inhumain qui l'éperonnait. Yves, projeté contre le troussequin, resta campé sur le dos de l'Anakin. Le postérieur sur la selle, il reprit la main.

Le trotteur français céda sous la pression du mors et enclencha le trot jusqu'aux berges d'un ru. Tâtant du sabot les abords du ruisseau, renâclant à sauter l'obstacle, il secoua vigoureusement la tête.

Yves s'énerva. Il cassa une branche.

Devant s'étendaient les champs à la teinte brune, couverts de mottes.

Devant s'offrait l'étendue propre aux galopades.

Il fit reculer l'animal récalcitrant et le lança à coups d'éperon et de cravache improvisée avec la branche cassée. L'obstacle franchit, le cheval partit au triple galop en bordure du champ. L'un souhaitait se débarrasser de ce poids gênant tandis que l'autre savourait ce moment d'évasion, cette liberté passagère effaçant par la vitesse les tracasseries des jours passés. Ils avalèrent les centaines de mètres pendant plus d'une heure, ne s'arrêtant que pour reprendre haleine, les éloignant toujours plus loin du haras maudit.

Avant de rentrer au box, Yves accorda à sa monture un moment de repos mérité. Le cheval débusqua une herbe savoureuse qu'il brouta avidement. Pendant ce temps, Yves analysa les événements qui s'étaient produits depuis bientôt trois semaines. L'esprit éclairé par l'ivresse de la course, l'étrangeté de la situation percuta ses neurones.

Tout a commencé par l'arrivée de Li et de ses idées, ce fourbe de Chinois, d'Asiatique qui magouille et je me suis laissé embobiner comme un idiot. Il m'a bien eu, ce jeune con, avec ses plans. Il élimine ceux qui sont au courant de nos projets et bientôt, ce sera mon tour. Ce n'est pas parce que j'ai économisé sur le dos des morts que je dois continuer à le laisser mener la barque impunément. J'ai déjà annoncé la couleur. Ce n'est pas à lui qu'appartient le bois ! Qu'il se trouve un propriétaire à ma place ! Des champs, il n'y a que ça dans le coin ! Merde ! C'est qui le patron !

Eureka.

Trémière avait trouvé la solution. Il confierait la patate chaude au seul homme habitué à séparer le bon grain de l'ivraie en qui il avait confiance. Rassuré, il prit la direction du haras au pas chaloupé de son cheval.

38

Il était 18 h 45 lorsque le détective arriva au haras.

Yves était en train de nourrir les chevaux avec des gestes saccadés, agacé par le fait d'alimenter de nouveau ces ventres à pattes. Il se démenait avec les seaux d'eau. Il était à un tel degré d'énervement qu'il renversait une partie du liquide sur le trajet. À la fin du périple, il devait compléter le manque avec un arrosoir après avoir calé le seau dans la mangeoire.

Gilbert n'eut aucun mal à déterminer l'endroit où il œuvrait. Il suivit les flaques et s'orienta aux injures proférées à l'encontre des bestiaux, y compris le docile Darkness qui avait tant remporté financièrement à son propriétaire, un piètre remerciement.

Avec son pardessus, son feutre sur la tête et ses Timberland, la tenue du détective se situait aux antipodes de celle du provisoire palefrenier en tenue d'équitation crasseuse et mouillée. Yves tendit la main vers le visiteur et se ravisa. Il essuya sur son corps tout ce qui pouvait l'être avec un torchon sale : paumes, doigts, manches, pantalon, y compris les bottes. Il n'était pas plus propre, juste un tantinet plus présentable. Il retendit la main. Gilbert souleva un seau vide.

— De l'aide ?

— Ce n'est pas de refus.

Ils terminèrent vers 19 h 10 l'alimentation des bêtes.

Yves craqua une allumette et enflamma le papier journal dans l'âtre de la cheminée du salon pendant que Gilbert servait les bourbons dans les verres à whisky en suivant les indications du connaisseur qu'était le maître de la demeure. Les brindilles chuintèrent, suivies du craquement sourd des morceaux de bois s'effondrant sous la puissance des flammes. Le liquide ambré réchauffa les deux hommes avant les bûches. Fauteuils face à la cheminée, Yves murmura un semblant de remerciement pour l'aide apportée et celle à venir avant de confier ses craintes.

— Je commence à avoir peur.

— Pour quelle raison ?

— Toutes ces morts ne me disent rien qu'y vaille. J'ai l'impression qu'elles me tournent autour. Un charognard qui renifle sa prochaine victime.

— Je fréquentais aussi la famille Fiorentini et je ne me sens pas viser par une quelconque malédiction.

— Vous me prenez pour un dingo ?

— Ne nous méprenons pas.

— Puisque je vous dis que je serai le prochain.

— OK. Inutile d'insister. Qu'est-ce qui vous tracasse autant ?

— Bernard et Natalia ont eu vent de l'herbe que fumaient les jeunes. Je ne risquais pas de leur interdire, je fume moi aussi du « chichon » afin de me détendre en fin de journée, et croyez-moi si vous voulez, mais avec ces lascars, on a rudement besoin d'un joint afin de décompresser et d'évacuer le trop-plein d'emmerdement qu'ils vous occasionnent.

— Consommation personnelle que vous achetez à qui ?

Yves marqua un temps d'arrêt. Il se leva et ajouta une bûche sur le tas de bois calciné. Gilbert comprit à son attitude qu'il évitait la réponse spontanée, transgressant l'échange normal d'une conversation.

— À Li.

— Et c'est tout ?

— Que vous dire ensuite. J'ai la trouille. Ces petits cons sortent demain de l'hôpital et vont débarquer dans l'après-midi. Dimitri quittera le service de médecine normalement samedi d'après ce qu'a envisagé le toubib à sa visite de ce matin. Il m'a téléphoné juste après. Je serai seul à les surveiller. Il y a de quoi flipper quand même, et se méfier. Tout peut se produire : une rixe qui éclate, un qui tape sur un autre, le Vincent sur le Peter par exemple, cela s'est déjà produit et pas qu'une fois. Ce Peter, pour ne citer que lui, une couille molle qui ne se rebiffe jamais, et que sais-je encore. On peut envisager n'importe quel scénario avec cette engeance. Je n'ai pas l'intention de finir comme mes copains lâchement assassinés.

— Pas Diego. C'était un suicide.

— D'accord. Pas Diego. Mais sa fille et Bernard, si.

— Exact.

— Glissez en un mot à votre ami policier.

— Envisageable. Je lui dirai de passer vous voir à l'improviste. Il prendra la température, il a l'habitude des conflits dans les cités. Je le contacterai demain.

— Un autre pour la route ? annonça Yves en montrant la bouteille. J'ouvre un deuxième paquet de chips.

— Léger, alors, et avec beaucoup d'eau gazeuse.

— C'est parti !

39

J +17

Grand s'accorda un instant de relaxation à écouter la sonate n° 3 en si mineur de Chopin en arrosant ses plantes avant de démarrer sa journée. Il se consacrerait à ses enquêtes de moralité, désireux de les finaliser. Il avait enfin réussi à dégrossir les recherches les semaines précédentes en espionnant les intéressés, une déviance du client mystère dans une boutique sauf, qu'ici, client et boutique étaient de chair et d'os. Encore quelques recherches sur le Web, quelques interviews ciblées, et il pourrait remplir les questionnaires dans l'après-midi. Il les enverrait par courrier ce soir. Un vendredi peinard en perspective. Une fin de semaine comme il aimait en savourer et ce n'était pas souvent. Il jeta un œil au thermomètre. 20° à 10 heures du matin dans la serre. Il ouvrit un des vasistas et aéra les lieux. À la radio, la météo a annoncé une chaleur estivale, elle ne se trompe pas, raisonna Gilbert. C'est vrai que nous sommes début avril maintenant et les jours vont allonger à pas de géant avec ses écarts de température qui déroute l'habitant de nos régions. Le soleil cognera sur le polycarbonate. Il va faire chaud. Il faudra que je vous sorte si la température continue à grimper, mes petits. Les bonsaïs d'extérieur se doivent de passer l'été dehors à l'ombre des pommiers et des cerisiers. Je reléguerai aussitôt le poêle avec les bidons de pétrole dans la remise jusqu'à l'automne. Fais gaffe, mon vieux, tu parles avec tes plantes à vivre en ermite. Bientôt, tu radoteras.

Il replongea l'arrosoir dans le récupérateur d'eau de pluie sous la gouttière. L'eau était délicieusement fraîche, limpide, aussi pure que celle d'un torrent dévalant la montagne. Le contact de l'eau lui évoqua les vacances avec sa sœur dans le parc du Mercantour, les chamois qu'ils suivaient à la jumelle prêtée par leur oncle, les sentiers qu'ils gravissaient jusqu'aux névés où la neige se réfugiait dans les trous en ubac en fuyant le rayon de l'astre tueur, les cris des marmottes qui vous obligeaient à sortir de la tente avant qu'elles ne disparaissent, les beuglements des vaches dans les alpages et la brume au-dessus des lacs, tous ces souvenirs d'enfant où l'insouciance de la jeunesse apportait son lot de découvertes. Nostalgique, il reposa l'arrosoir sur la table à côté du sécateur et de la paire de ciseaux. L'insouciance, c'était avant. Avant l'élucidation du premier meurtre, avant la confession de la jeune femme violée et de l'arrestation du pédophile, avant qu'il ne soit dégoûté par cette accumulation de délits auxquels on n'entrevoyait pas d'issue, et qu'il ne quitte la gendarmerie en endossant la profession de détective. Et le passé, qu'il croyait enfoui à jamais, surgissait avec deux personnes qui se fréquentaient sauvagement tuées, et le suicide d'un père.

Il regarda une seconde fois le thermomètre accroché à son clou. Il oscilla entre laisser la porte ouverte ou fermée, puis la ferma, préférant éviter le courant d'air néfaste en ce mois délicat au dicton : « avril, ne te découvre pas d'un fil », et regagna son bureau.

Confortablement installé dans la véranda, il s'enquit des nouvelles auprès de Dupuis et lui confia les siennes. Il apprit que son ami, suite aux confidences de Guillaume, avait réclamé aux opérateurs la liste des numéros appelés depuis un trimestre. Il y en avait un qui revenait souvent, celui d'un dénommé Dalmasso. Non, le capitaine n'avait pas eu le temps de fouiller, il devait se rendre à la brigade des « stups » pour la suspicion de Li, il se renseignerait à ce sujet aussi. Jacques le verrait en soirée si le planning le permettait.

Gilbert était songeur après avoir raccroché. Il y avait quelque chose qui le chiffonnait, une gêne inexpliquée, une épine dans le pied qui l'empêchait de marcher droit. Il claudiquait sur la voie de la perplexité. Il aspirait à avoir les deux pieds sur terre au même niveau quitte à arracher de façon brutale et définitive cette pointe qui lui vrillait le cerveau. À l'hôpital, le public était autorisé à venir visiter les patients à partir de 13 h 30. Il y serait.

13 h 45. Service de médecine A.

Dimitri se tenait assis dans un fauteuil, écoutant la speakerine sur la troisième chaîne en train de rassurer son auditoire concernant la météo du week-end, les jambes relevées, un tuyau dans le bras, lequel était relié à une poche translucide pendue à une potence. La perfusion s'écoulait doucement.

— Salut. Que me vaut ce plaisir ? dit-il en baissant le son du téléviseur.

— Salut. Soyons francs, répondit Grand en restant debout. Je vais à la pêche aux infos. J'ai appris par Yves que vous sortiez demain ?

— Si Dieu veut.

— Hormis le fait de ces affirmations sur l'herbe qu'il m'a relaté, je ne suis pas là pour ce motif. J'ai su par un informateur qu'il avait contacté un certain Dalmasso.

— Ah ! Le Dalmasso ! Évidemment qu'ils se fréquentent ces deux-là, et cela ne date pas d'hier.

— Racontez-moi.

— Ce sont des habitués des champs de courses. Avant, le Darkness courait. Un champion, ce cheval. Il a remporté plusieurs prix dans sa jeunesse. Après, on a vendu les paillettes avec le Gustave. Les ventes rapportaient gros. Alors, c'est sûr, le fils a baigné dans le milieu des paris et des jeux. Et il continue avec le Dalmasso. Tous les dimanches, quand la saison débute, ils foutent le camp.

— Savez-vous où ce Dalmasso demeure ?

— Je crois qu'il crèche du côté de La Chapelle Saint Luc, mais c'est à vérifier.

— Je le ferais. Et vous, comment allez-vous ?

Gilbert rapprocha une chaise du fauteuil. Il orienta le dialogue sur la cicatrisation de la plaie, la prise en charge de l'équipe médicale, les repas, en un mot la conversation glissa sur ce qui a trait à la guérison d'un malade.

Dimitri s'épancha.

Gilbert écouta.

40

Après avoir quitté l'hôpital, Gilbert s'était installé à la terrasse d'un bistrot de La Chapelle Saint Luc. Il sirotait son expresso en plein « cagnard » tel un lézard abusant du soleil bienfaiteur. Il s'octroyait un interlude en attendant que l'horloge de la mairie affiche 17 heures. Il se situait à un pâté de maisons des immeubles en forme de tours datant des années soixante qui dépassaient des toits. Il misait sur la probabilité que Dalmasso, de son prénom Justin, il n'y en avait qu'un dans le bottin, suivrait l'exemple du fonctionnaire modèle, il était employé municipal selon Dimitri, à savoir fin des opérations à 17 heures et retour au logis à 17 h 30. Il y avait un bémol à considérer dans ces savants calculs : le rituel du vendredi soir, la bière pression avec les collègues. Une hypothèse à ne pas exclure qui forcerait Gilbert à patienter sur le paillasson.

À 17 heures, pile, il se décida à régler l'addition. Il posa une pièce de deux euros trouvée dans le fond de sa poche de pantalon dans la soucoupe. La différence entre le montant exigé et la pièce servirait de pourboire, ce dernier devenant une denrée rare pour les serveuses et les serveurs avec le paiement sans contact des cartes bleues, le paylib et autres foutaises technologiques. Il s'indignait de cette façon de payer en revendiquant sa résistance, d'où les pièces qu'il déposait un peu partout dans son environnement : voiture, maison, habits. Il ne voulait pas en manquer.

Il traversa la chaussée au feu rouge, tourna deux fois à droite et chercha le bloc G parmi les entrées d'immeubles.

Réticent à déclencher l'ouverture de la porte automatique, Grand dut user de stratégie pour que Justin Dalmasso concédât à sa demande. L'homme dévisagea le démarcheur à la sortie de l'ascenseur. Le détective prononça le mot magique : Trémière. Effet immédiat.

Détendu, Justin, une barbe naissante recouvrant ses joues, n'ayant point ôté ses chaussures de sécurité ni son bleu de travail, fit les honneurs de l'hospitalité en décapsulant deux bouteilles de Kronenbourg. Il invita Gilbert à s'asseoir avec lui dans la cuisine.

— Excusez. Je viens d'arriver, dit-il en montrant ses fringues.

— Normal. Je ne me formaliserai pas. C'est déjà très aimable à vous de me recevoir.

— Je n'ai pas de bourgeoise à la piaule, ajouta-t-il comme si cette évidence expliquait son mode de vie. Pourquoi Yves vous envoie ?

— En fait, la démarche est personnelle.

Justin porta le goulot à ses lèvres d'un air méfiant.

— Ne vous méprenez pas. Dimitri a parlé de vos sorties aux champs de courses.

— Ah, c'est ça ! Il vous envoie me taper. Il n'a pas eu le cran de vous en filer. Cela ne m'étonne pas.

— Pardon ?

— Vous êtes bien venu pour me taxer du pognon ?

— Pas du tout. Monsieur Trémière ? Il vous devait de l'argent ?

— Il m'en devait.

— Il vous a remboursé ?

— L'intégralité. Rubis sur l'ongle. Quant aux autres, je n'en sais rien.

— Il y en a d'autres ?

— À dire la vérité, je n'en connais qu'un de vue, celui qui lui colle aux basques dès qu'on arrive à l'hippodrome de Reims.

— Vous connaissez son nom ?

— Surtout pas ! Et je ne tiens pas à le savoir. Avec ce genre d'individu, on ne sait jamais à quoi s'attendre. Il vous fait les yeux doux, il vous file du fric et, après, vous avez intérêt à lui rendre fissa le pognon sinon bonjour les emmerdes.

— Un bookmaker ?

— Exactement. Il a son réseau de clients. Il les guette comme un vautour.

— Yves lui a emprunté des sommes ?

— Point d'interrogation. Je ne me mêle pas des magouilles d'Yves. Je me tiens à l'écart. Il ne faut pas mélanger l'amitié et le dépannage.

— L'argent qu'il vous avait emprunté n'était pas destiné aux jeux ?

— Je n'aurais pas voulu. C'était pour les chevaux. On y est allé ensemble en février avec le tracteur et la remorque acheter du foin et de la paille à un agriculteur du coin. C'est moi qui ai sorti les biftons. Dans la vie, il faut être réglo. Lorsque nous allons aux courses, Yves a toujours du fric sur lui. Enfin, avec moi, il est clean. Il n'a pas réessayé pour l'instant, je parle du foin. Quand il n'aura plus de thunes, ce sera à nouveau la sortie du tracteur et de la remorque, et je l'accompagnerai.

— Pensez-vous qu'il put jouer parfois seul à l'hippodrome ?

— Demandez-lui. Une autre bibine ? Il fait soif !

— Non merci, je vais vous quitter. J'ai assez abusé de votre temps.

— À votre service. Votre carte ?

— Bien sûr. Où avais-je la tête ?

Justin Dalmasso referma sa porte d'entrée. Il hocha les épaules, jeta la carte de visite dans la coupelle rose en plastique qui lui servait de fourre-tout sur le buffet de la salle à manger et se décida à décapsuler la bouteille qui l'attendait dans la cuisine.

En cheminant vers le parking, Grand dicta un message vocal au numéro de Jacques, l'informant qu'il se rendait au haras de Trémière.

41

La brigade des « stups » avait indiqué l'adresse de ralliement d'un réseau qui s'implantait dans la région. Selon leur source, un nouveau gang était en train de se renforcer depuis quelques mois après sa création. Les jeunes étaient reconnaissables à leurs baskets de la marque Nike et de la couleur vert olive qu'ils portaient sur eux. Certains guetteurs se différenciaient du groupe en ajoutant leur touche personnelle : à qui un bandana vert, à qui un sweat-shirt vert, du moment que c'était du vert, leur chef ne s'y opposait pas. Cet hiver, ils auront une drôle de dégaine nos Martiens, critiqua le capitaine des « stups ».

Dupuis n'eut aucun mal à les repérer, et vice-versa. Un flic a une démarche de flic, lâcha le capitaine à son coéquipier. Et merde ! Il va falloir courir pour en choper un.

Une envolée de moineaux dans les sous-sols de la cité HLM à 15 heures de l'après-midi, sauf un qui s'était cassé la gueule en marchant sur son lacet défait. Le temps qu'il mette à se relever, les deux policiers furent sur lui. Le lieutenant lui faucha les jambes. Deuxième chute. Il l'immobilisa au sol et le releva. Dupuis le plaqua contre un mur et le palpa au niveau de la ceinture et du bas de son pantalon à la recherche d'une arme blanche. Négatif. Maigre butin. Un sachet de 50 g de cannabis, quantité réglementaire dans chaque poche, et 90 euros en billets de dix.

— Consommation personnelle ! gueula la sentinelle.

— Et tu remplis tes poches après chaque vente, je présume. Tu renouvelles le stock.

— Je ne le vends pas, je le fume.

— Les deux doses ensemble, tu n'aurais pas dû, mon gars. Tu dépasses ce que tolèrent les juges, et sur la voie publique. Allez, on embarque.

Dupuis lui passa les bracelets afin de montrer aux autres, qui devaient sûrement être aux aguets devant un soupirail que, dans son secteur, il maintiendrait l'ordre. « Crever l'œuf avant qu'il n'éclose », telle était la devise du capitaine. À faire circuler dans le quartier, je vous prie. Le message était clair.

Le môme était loin d'être aguerri. Il mourrait de trouille dans le bureau du capitaine. Jacques le cuisina par routine, le malmena verbalement jusqu'à ce que le gamin craque. À treize ans, il pleura à chaudes larmes comme une fontaine.

Tu chiales en appelant ta mère à ton secours, craignant la raclée de ton père qui te croit à l'école, souligna le collègue de Jacques, le lieutenant.

Les pleurs redoublèrent. Au milieu des sanglots, il parla de leur chef, un vieux qui puait, qui avait donné la beuh à lui et à ses copains. Malgré le bruit des sanglots, Dupuis entendit le signal émis par son téléphone portable. Il écouta discrètement le message.

— Il faut que j'y aille, annonça-t-il. Tu termines ?

— OK, vas-y. Bon, mon gars, on reprend depuis le début, poursuivit le lieutenant, et dans le détail cette fois-ci. Tu disais donc un vieux. Décris-le moi.

Dupuis n'écouta pas le descriptif. Il enfila son blouson en cuir, coinça son Sig Sauer dans l'holster et partit rejoindre son ami.

42

Les jours allongeaient depuis le 21 mars, tout le monde appréciait, seulement, à 19 h 30, on n'y voyait guère. Derrière les bâtiments, une mince bande de rose orangée subsistait avant d'être engloutie par une nuit sans lune. Le feuillage des arbres bordant l'allée menant au haras frémissait sous la bise après le soleil de la journée, un tremblement léger courbant les ramures. Grand discernait avec difficulté les nids-de-poule du chemin et s'approchait dangereusement des arbres, frôlant le bas de caisse de la Citroën sur les nouvelles pousses de thuyas, cherchant un sol aplani qui conviendrait mieux au châssis de son véhicule. Derrière lui arriva plein phares le capitaine avec la voiture de fonction. La Peugeot bondissait en cadence sur les pierres que les roues délogeaient de la terre. À hauteur de Gilbert, il changea les feux de route en feux de croisement. Grand respira profondément et se rangea sur le bas-côté. Jacques comprit la manœuvre. Il doubla. Il serait le lièvre ouvrant la route à l'aveugle. Gilbert roula dans les traces de la Peugeot et souffla en coupant le moteur sur le parking.

Intrigué, Yves Trémière vint à leur rencontre. Il attendait l'officier de pied ferme et il en avait obtenu deux pour le prix d'un. Il ne serait pas en position de force. Seul contre un duo de choc, le compte était à son désavantage. Point positif cependant : il serait deux à le défendre s'il les persuadait à revenir le lendemain. Il étudia comment aborder le sujet sous différents angles et opta pour une approche indirecte, n'étant pas un spécialiste des formules à exiger quoique ce soit.

Tout d'abord, Yves entreprit d'amadouer ses visiteurs en leur proposant de se joindre à lui pour le dîner : dégustation d'omelettes paysannes comprenant des pommes de terre et des lardons, parsemées de ciboulette, le tout accompagné d'une bouteille de Bordeaux huit ans d'âge. Un flop total. Ils déclinèrent l'invitation. Ils n'étaient pas ici pour festoyer. Ils devaient s'entretenir des derniers indices qui étayaient ses appréhensions de la veille au soir confiées au détective.

Yves les précéda dans le salon tout en renonçant à engager le dialogue après avoir essuyé un premier refus.

Jacques attaqua de front en espérant déstabiliser le maître des lieux. Sa tactique fonctionnait souvent, il en avait encore récolté les fruits avec le gosse au commissariat ; alors, un homme qui avait peur, pourquoi pas ? Il tenta sa chance.

— Nous avons eu connaissance de vos agissements concernant la circulation de cannabis dans vos locaux.

— Une modeste consommation.

— Avec des mineurs, précisa le capitaine.

— J'avoue avoir un comportement laxiste avec eux. Les remettre dans le droit chemin n'est pas facile. Selon les psychologues, cohabiter avec l'espèce animale y contribue, surtout à la campagne, mais ce n'est pas suffisant. Je ne peux pas tout interdire. Je lâche du lest, ce qui apaise les tensions lorsqu'on vit en communauté.

— Montrez-nous votre herbe, exigea Jacques.

Yves se trémoussa, une boule coincée dans la gorge et l'estomac noué. L'entretien était en train de prendre une tournure qu'il n'avait pas prévue. Il croyait être le « défendu » et il avait le désagréable sentiment d'être « l'accusé ». De surcroît, la récolte poussait dans des pots de fleurs au grenier en attendant d'être plantée, et la réserve de chanvre indien cueilli de l'année dernière était stockée au même endroit, une partie effeuillée, une partie en branches. Comment se sortir de cet embarras ? Les neurones s'activèrent sans trouver de solution. L'attente signait l'accusation. Il adopta l'état nonchalant et naturel de celui qui n'a rien à se reprocher. Dans ce cas, suivez le guide, ironisa-t-il.

L'odeur dans le grenier était tenace. Un parfum flottait dans l'air semblable à celui des foins coupés à la fin juin. Ledit propriétaire, Yves, avait aménagé l'espace, sous les tuiles, sur le modèle d'une serre. Gilbert, fin connaisseur, siffla d'admiration en saluant le professionnalisme du constructeur, une serre idéale tant dans sa conception que dans sa réalisation. La toiture avait été isolée avec un matériau thermoréflecteur à plusieurs couches étanches entre elles, une cloison en « placoplâtre » séparée l'espace en deux surfaces égales. Dans celle qui était chauffée par un poêle à gaz à infrarouge s'alignaient, sur le plancher, trois rangées de pots en terre cuite avec leurs plants de cannabis mesurant approximativement soixante-dix centimètres qui croissaient gentiment sous les « Vélux » et sous deux lampadaires halogènes braqués sur eux en renfort, une porte amovible protégeait les plantations en obturant cette petite pièce ; dans l'autre, une grande planche en bois brut, sans doute du sapin bon marché, posée sur quatre tréteaux recevait les longues tiges de haschich qui séchaient contre un des murs, têtes en bas, tenues par des clous entre leurs frêles tiges. À voir les débris des feuilles, la surface de cette planche n'avait pas été brossée depuis la manipulation de la récolte. Un sachet vide transparent en plastique trônait sur la planche, oublié.

— À quoi est-il destiné ? s'enquit le capitaine en désignant le sachet.

— Je transporte les fleurs femelles de cette façon. C'est pratique. J'en gaspille moins.

— Vous me prenez pour un con, Monsieur Trémière. Vous réclamez notre protection alors que vous naviguez dans les eaux troubles en fournissant de la beuh à des personnes mineures.

— Mineures ? C'est vous qui le dîtes. Les gosses sont des ados de 17 ans passés qui voteront bientôt.

— Je ne parle pas de ceux-là, mais de gamins de 12 à 14 ans qui se baladent dans les rues avec vos petits sachets dans leurs poches.

— Il est possible qu'un de mes jeunes en ait volé un chez-moi, et l'ait emporté lors d'une permission.

— Qui par exemple ?

— Qu'est-ce que j'en sais ? Peter, peut-être ! Dites quelque chose, Grand ! s'emporta Yves en se tournant vers lui.

— Je n'ai rien à ajouter, répondit Gilbert. Si vous trafiquez, assumez.

— Je trafique. Tout de suite les grandes phrases accusatrices. Parfois, j'ai pu dépanner Li qui consomme un peu trop, ce qui avait énervé Bernard, l'éducateur responsable du jeune.

— Nous voilà enfin au cœur du problème. L'herbe transite par votre Li, et après elle se répand dans la rue.

— Il faudra lui poser la question. Ce ne sont que des suppositions sans preuve.

— Et vous vous étonnez d'être la cible de trafiquants. Vous ne savez pas dans quel guêpier vous vous êtes fourré.

Ces gens n'ont peur de rien et flinguent leurs opposants sans remords.

Yves Trémière pâlit sous la remarque du capitaine. Jacques avait fait mouche. Gilbert salua la prestation de son ami.

— J'appelle les collègues. Ils vont emporter vos tiges et vos pots.

Direction les déchets, et analyse afin de comparer les fleurs avec celles de notre Martien, pensa le capitaine, on verra si les semences correspondent.

— Je vous laisse tranquille ce soir. Réceptionnez vos délinquants demain et je repasserai en soirée. Nous descendons, le spectacle était une excellente comédie, Monsieur Trémière, bon acteur, vraiment.

Yves tremblotait lorsque les feux arrière du fourgon, de la voiture de fonction et de la Citroën s'évanouirent dans la nuit noire. Une nuit sans lune propice aux loups-garous transformés en criminels aiguisant leurs griffes. Il ne fuirait pas bien qu'il soit resté seul en compagnie de ses chevaux. Il avait trop peur du gang, et n'aurait su où se réfugier.

43

J +18

Un samedi par mois, Gilbert recevait Sœur Agnès chez lui. Ils déjeunaient d'un plat principal acheté chez un traiteur. Aujourd'hui, des tripes à la mode de Caen accompagnées de pommes de terre vapeur, recette sophistiquée que ne cuisinait pas son frère en dehors des patates cuites à la cocotte-minute, et d'un dessert, une tarte aux citrons meringuée provenant du maître pâtissier du village qui avait échoué dans ce trou perdu afin de satisfaire les papilles des villageois louant ses compétences au lieu de celles des snobs de la ville qui réservaient leurs gâteaux du dimanche la veille au soir l'obligeant à terminer ses cuissons à deux heures du matin.

Le frère et la sœur s'étaient retirés dans la serre, lui avec son expresso et elle avec sa verveine. Elle affirmait qu'elle digérait mal son repas en ne l'ayant pas bue.

Gilbert lui avait prêté son ample gabardine grise qui ne dépareillait pas avec sa robe et son voile, quant à lui, il avait enfilé une cotte verte d'agriculteur par-dessus ses vêtements. Ensemble, ils manipulaient avec précaution les racines des orchidées. Contrairement à l'Orchis Purpurea, nom latin de l'orchidée terrestre qui poussait sur un sol calcaire et réclamait peu de soins, il en avait déterré une dans le pré d'un ami et avait tassé la motte dans un pot sur place avant de le stocker avec les bonsaïs tout en surveillant la repousse, les orchidées du commerce nécessitaient une attention de tous les instants en vue de leurs floraisons.

Sœur Agnès retirait délicatement les écorces de pin de la Phalaenopsis à fleurs jaunes pendant que Gilbert préparait la jardinière destinée au rempotage. Ils procéderaient pareillement avec celle à fleurs blanches. Débutant en orchidacées, le détective apprenait pas à pas comment les cultiver. Avec sa sœur, il visait la pollinisation croisée, opération délicate qui demandait du doigté. Lorsque tous les deux seraient prêts, les doigts fins de Sœur Agnès se prêteraient à cette intervention, mais en attendant ce jour béni, ils s'occupaient à des tâches basiques.

Sœur Agnès tendit la plante mise à nue à son frère et profita de cet instant de répit pour se renseigner.

— Quand aura lieu l'enterrement de Diego ?

— Je ne l'ai pas fixé. Je n'ai pas l'intention d'encombrer cette tâche à ses vieux parents. Le corps repose chez les pompes funèbres. J'avance encore un peu dans l'enquête et je m'en occuperai ensuite.

— C'est promis ?

— Promis. Il y aura aussi celui de Bernard. Concilier les deux, j'y songe. Je le suggérerai à la veuve.

— Et notre petit Guillaume ?

— À la maison avec une surveillance drastique.

— Une justice compréhensive.

— Parce que Dimitri n'a pas porté plainte. Dans le cas contraire, il serait à l'ombre.

— Un malheureux accident.

— Parfois, utiliser la pédagogie du coup de pied au cul peut s'avérer efficace. J'aurais sanctionné plus sévèrement.

— Une âme bonne, ce juge.

Gilbert se tut. À ce stade, il ne luttait plus. Il y avait longtemps qu'il respectait la dévotion de sa sœur aînée à la limite de l'abnégation.

À chacun ses croyances et ses erreurs.

À qui voudrait tendre la joue.

44

J +19

« La nuit porte conseil ». Grand l'appliqua au saut du lit et changea son fusil d'épaule au petit-déjeuner. Au lieu de s'accorder un jour de repos dominical mérité, il opta pour un approfondissement de son intuition par amitié pour Diego et la promesse qu'il lui avait faite. Il suivit son instinct, cette intuition qui le poussait vers une voie opposée à celle de son ami Jacques, il prendrait les chemins de traverse, cette enquête l'y obligeait. Il n'écarterait pas une seule piste d'investigation, fut-elle farfelue.

À neuf heures, il conduisait sur l'autoroute A 26 en direction de Reims.

À 11 heures, il parquait la Citroën sur la place numéro 36 de l'allée D du parking de l'hippodrome, emplacement qu'il inscrivit sur son calepin, persuadé de la confondre à son retour parmi les véhicules qui auraient été garés depuis son arrivée. Une Citroën noire au milieu des gris clairs, des gris foncés, des noires et des marines, pas facile de l'identifier de suite. Il songeait de plus en plus à un nouveau signe distinctif remplaçant le petit ours orange de la « Croix-Rouge » acquis dans une pharmacie, peu visible maintenant pour ses yeux de quinquagénaire, mais lequel ? Il avait pensé à des pois de différentes couleurs sur la carrosserie, verdict : extrêmement voyant ; à un logo : jugé publicitaire ; à un tag ou un dessin à l'aérographe de style camion américain Mack : les gens l'admireraient dans la rue, c'était inadmissible lors d'une surveillance. En définitive, après avoir tergiversé pendant des lustres, il n'avait pas résolu son problème à moins de remplacer le nounours par un congénère neuf aux couleurs criardes, à l'éclat vif et non fadasse comme celui-là. D'où l'inscription de la place sur le calepin. D'où le subterfuge du papier et du crayon en guise de mémorisation.

Après avoir payé son billet d'entrée, un comble sachant que le néophyte dépenserait beaucoup d'euros d'ici la fin des courses, impuissant à lutter contre la tentation de jouer, l'appel du gain étant supérieur à celui de la raison au fil des heures. Le diable veillait au grain, scrutant l'indécis, susurrant les phrases doucereuses du genre : « fais-toi plaisir, cinq euros, ce n'est rien comparé à ce que les gens dépensent en alcool et en cigarettes, tu les as déjà donnés à l'entrée avec ton billet de dix, utilise donc la monnaie rendue et récupère tes cinq augmentés de ceux que tu auras gagnés. », et de fil en aiguille le vice se sera insinué dans l'esprit du naïf qui venait seulement assouvir sa curiosité, et qui venait de mettre le doigt dans l'engrenage.

La foule grossissait à l'approche de treize heures. Elle se mouvait lentement tel un serpent ondulant vers les guichets. Gilbert se colla à un homme petit et ventripotent qui lui ouvrit une voie à coups de coudes et de « scusez-moi » avec un fort accent canadien, à se demander comment il avait atterri là. Grâce à son guide, Gilbert se retrouva posté devant une borne dont le mode d'emploi lui fut indiqué en regardant attentivement son voisin de droite puis celui de gauche. Derrière lui, personne. Les turfistes avaient pitié du novice qui pataugeait en appuyant sur les touches digitales. Il réussit au bout d'un quart d'heure à ce que la machine lui cracha ses tickets après avoir introduit ses biftons. Il avait parié dans les trois premières courses, faisant fi du classement des jockeys et des pronostics qu'il entendait de la bouche des parieurs dans son dos, se basant uniquement sur les dates de naissance de sa sœur, de ses parents et de la sienne, classique quand on manque d'idée. Il les avait mélangées et le hasard ferait le reste. « Alea jacta est ». Il libéra la borne convoitée et se remit en quête du ventripotent. Un étranger est un potentiel pigeon, une proie facile qui me conduira à celui que je cherche, enfin, j'espère, diagnostiqua Gilbert.

L'instinct toujours et encore le guidait. Il aperçut l'homme à vingt mètres devant lui qui prenait place sur le troisième gradin en partant du haut dans les tribunes. Il s'installa dans la deuxième rangée, en décalage par rapport au siège de l'autre, histoire d'être ni envahissant ni repérable. Ne pas importuner celui sur lequel il avait jeté son dévolu, misant sur lui tous ses espoirs.

À la fin de la troisième course, son appât montrait les signes de désolation caractéristiques de celui qui a perdu une forte somme. Comparées à la déconvenue du Canadien, les pertes de Gilbert s'avéraient être des clopinettes. À force de gesticuler, l'homme ne passait pas inaperçu debout sur le gradin.

Les sens en alerte, le détective repéra à dix heures un individu enjambant les parieurs assis afin de rejoindre la contre-allée. Son empressement le trahit, jugea-t-il. Il mesure au moins 1 m 85, des cheveux grisonnants, âge moyen entre 55 et 65, le sourire aux lèvres de celui qui va lancer l'hameçon proche de sa victime, de beaux habits qui inspirent confiance, une personne trop belle pour être honnête. Et voilà, dans le mille, il a ferré. Gilbert tendit l'oreille. Impossible de comprendre ce qu'ils complotent avec ce brouhaha. Je descends d'une marche.

Imitant l'individu, il s'excusa auprès des gens assis qu'il dérangeait, et se glissa à trois sièges du duo. Là, il put assister à l'échange de billets de cinquante euros contre une feuille de papier ; laquelle, supposa-t-il, avait dû être signée par le prêteur et le solliciteur.

J'ai la confirmation d'une reconnaissance de dettes, je ne vois pas de quoi il s'agirait d'autres, déduisit-il. À déterminer si cet homme est le bon. La chance, me sourirait-elle enfin ? Il ne me reste qu'à le solliciter moi aussi. Je laisse passer deux courses et je l'aborde avant la sixième, la dernière. Je joue mon joker. J'y vais au culot. À mon tour de ferrer.

Avant même que le détective ne lui exposât son problème, Ben Soussan, c'était le nom du rabatteur, aborda d'emblée la question du montant.

— Combien ?

— Sans garantie ?

— Vous êtes un ami de Trémière et j'aurai votre chèque, cela me suffit. Alors, combien ?

— 200.

— C'est tout ?

— Il ne reste que cette course. J'ai déjà pas mal perdu, et avec vos intérêts…

— Un tuyau, le numéro 8, un tueur, ce cheval.

— Vous croyez ?

— Du 100 % gagnant. Misez placé.

— Très bien.

— Attention, pas d'entourloupe avec moi. Si vous n'êtes pas solvable, on se reverra, comme avec Yves.

— J'ai compris, répondit Gilbert en s'éloignant du lieu de perdition sans miser un centime.

En tout et pour tout, Grand avait dépensé 30 euros à la borne automatique. En y ajoutant les frais d'essence et les frais d'autoroute, l'escapade coûtait cher, mais elle valait le coup a posteriori. Avant de démarrer, il téléphona à Trémière. Les mots « je sais pour le bookmaker » firent mouche.

Silence.

Respiration haletante.

Il blêmit, pensa Gilbert. Qu'omet-il de raconter ? À lui tirer les vers du nez, je stagne autant que Jacques concernant les pistes à suivre.

Yves balbutia et raccrocha en prétextant devoir aider Dimitri qui ne travaillait pas en permanence pour cause de douleurs et devoir stimuler les jeunes. Il tenait à éviter que ne se produise un autre drame.

45

J +20

Gilbert avait mal dormi. 6 h 10 à l'écran du radio-réveil, l'épine dans le pied avait atteint le genou, lui vrillant à la fois les os et le crâne. Fini de claudiquer, il traînait la patte comme un animal blessé sauf que lui, c'était son orgueil qui avait été blessé, et il avait la migraine en prime. Il avait failli à sa mission si près du but qu'il en aurait vomi sa stupidité avec les tartines avalées et le café bu. Pourquoi n'avait-il pas insisté hier lorsque le rabatteur avait prononcé les mots « comme avec Yves » ? Il n'avait pas décelé la menace sur le moment et il le regrettait amèrement. Il y a vraiment des jours au goût d'amertume, se disait-il dans la cuisine. Il avait effleuré une piste et elle avait filé entre ses doigts à son insu, eau sale des simulacres. Pourquoi n'avait-il pas joint Jacques avant de partir ? Jacques qui se focalisait sur Li et son réseau de drogues alors que des possibilités apparaissaient avec lenteur dans les brumes évanescentes s'élevant des exactitudes. Il attendrait l'évaporation. Il attendrait que la clarté jaillisse des eaux, que l'eau sale se purifie jusqu'à en boire la vérité et abreuver les corps réclamant justice.

7 heures. Le temps suspendait son cours. Un lundi où les secondes lambinaient à se regrouper en minutes.

7 h 20. Gilbert trépignait. Il ne supportait plus de rester au port. Il largua les amarres. Il décrocha le fixe. Il numérota. Dupuis n'arriverait pas au commissariat avant 8 heures d'après l'équipe de nuit. Gilbert ne fut pas décontenancé.

Deux sonneries. Un déclic.

— Jacques, il faut qu'on se parle et vite au sujet de Trémière.

— Pourquoi ? On l'a vu vendredi. La cam est au frais. J'attends le rapport et on tape ensuite.

— Ça cloche, je le sens. On dérive à cause de ce type qui nous mène en bateau et pas des moindres, pas un pointu, un chalutier massif pesant des tonnes comme les bobards qu'il nous serine à chaque entrevue. Il navigue sûr de lui. Il a mis le cap vers le grand large, vers l'océan tumultueux où il nous balancera par-dessus bord à la première occasion. Ce Trémière nous observera en train de nous noyer. Il se délectera de nous voir couler à pic. Il nous observera en train de nous démener en étant incapables de remonter à la surface.

— Quand tu parles ainsi, tu m'évoques nos affaires de gendarmerie et je n'aime pas ça. Tu songes à quoi ?

— Au fric qui lui manque.

— On s'en doutait. Tu as vu comme moi. La baraque tombe en ruines.

— Ce type est un joueur. Il parie.

— Des dettes de jeu ? Poker ? Casino ?

— PMU, j'en suis sûr. J'y étais hier. Je me suis renseigné.

— Raconte.

— Hippodrome de Reims. Bookmaker.

— Et le hasch paye le vice ?

— Possible.

— il doit gros ?

— Impossible de savoir côté rabatteur.

— Tu proposes quoi ?

— On y retourne et on creuse jusqu'à ce qu'il nous crache le morceau.

— Ça marche. Je préviens le collègue.

— À quelle heure ?

— 9 heures au point de rendez-vous habituel.

— D'accord.

La satisfaction du devoir accompli détendit les rides d'expression. Gilbert poussa un soupir de soulagement.

Aiguillage réussi.

Il avançait sur une voie parallèle à celle de Jacques. L'aventure continuait. Il était de nouveau sur le pont, il suffisait d'atteindre le gouvernail et de mettre aux fers le Trémière. Il vomirait dans la cale ses mensonges.

Gilbert ne tanguait plus. Il marchait droit.

46

8 h 50.

En avance.

Normal.

Impatient de taper.

L'équipe était reconstituée dans un unique but : coincer les deux cocos qui enfreignaient la loi, pas complexés pour deux sous en se moquant d'eux.

Wang li regarda ce défilé de bagnoles aux gyrophares bleus. En fait, il n'y en avait que deux : celle du capitaine Dupuis et celle de son lieutenant avec deux brigadiers, ils étaient venus séparément. Suivait derrière la Citroën noire de Gilbert.

— Qui ouvre le bal ? demanda le lieutenant.

— Je propose notre ami détective puisque c'est lui l'instigateur de cette surprise, annonça Jacques, et à voir les têtes des mômes, on va se méfier, inutile de les chauffer d'emblée et que ça parte en vrilles. Ils pigeront rapidement le motif de notre venue. Force et honneurs, les gars. Allons-y.

Yves Trémière s'avança suivi de Dimitri Froissart s'appuyant sur une canne.

Lui au moins, on sait pourquoi il marche courbé, pensa Gilbert. La cicatrice doit tirer un brin, d'où l'aide du Trémière qui tire la tronche.

— Il faut qu'on discute en privé, déclara Gilbert au propriétaire.

— Allons dans la maison, dans ce cas.

Piano, piano. Yves progressait à pas de fourmi, activant ses neurones à imaginer les éventuels scénarios afin de contrer les accusations qui sortiraient de la bouche du policier. Il lui faudrait se justifier coûte que coûte avant de s'enfoncer.

Ils furent de nouveau dans le salon défraîchi, à croire que c'était la seule pièce digne de recevoir des hôtes dans cette demeure. Les cinq hommes refusèrent de s'asseoir.

Debouts au milieu de la pièce.

Gilbert engagea la partie.

— J'ai rencontré votre copain Dalmasso à La Chapelle Saint Luc, celui avec qui vous partagez votre passion pour les champs de courses.

— C'est Dimitri qui s'est empressé de vous le narrer, coupa Yves. Ce n'est un secret pour personne. Je ne me cache pas. Même les lads le savent.

— Et j'ai aussi fait la connaissance hier d'une de vos relations, insinua Gilbert. Un homme grand, cheveux gris, tenue classique.

— Je ne vois pas, nia Yves.

Le détective y allait au flan. Il ratissait large en espérant que son interlocuteur serait pris dans ses filets.

— Monsieur Ben Soussan à qui vous devez de fortes sommes d'argent, bluffa Gilbert.

— Oui, peut-être que ce nom m'évoque effectivement quelqu'un que j'ai fréquenté. C'était il y a longtemps.

— Lui se souvient très bien de vous. Il vous a cité lors de nos échanges. Ses phrases étaient aussi tranchantes que la guillotine.

— Si vous voulez que nous vous aidions, Monsieur Trémière, il va falloir nous en dire plus, ajouta Jacques.

— Il est vrai que je lui dois des thunes. J'ai une ardoise qui fluctue selon ma veine.

— Combien Monsieur Trémière ?

— Peu. Dans les deux mille, mentit Yves effrontément.

— La culture du cannabis dans le grenier était là pour combler le trou ?

— En partie. Au début, je cultivais en vue d'une consommation personnelle.

— Et ensuite, on vend et les thunes rentrent, compléta Jacques qui avait envie de gauler ce salopard afin de faire chuter les noix de la vérité. L'idée, vient-elle de vous ?

L'accusé regarda vers l'extérieur. La cour était déserte.

— Elle vient de Li, avoua Yves. Il avait déjà son réseau de dealers avant d'être pris. Lorsqu'il a remarqué que je fumais, il m'a emmerdé jusqu'à ce que je lui cède quelques grammes. Puis, il a été gourmand et a exigé que je triple les doses. Après, sachant que j'achetais de moins en moins de bouffe pour les canassons, il a parlé du réseau, des livraisons à assurer et des montants des gains. J'avais le couteau sous la gorge, le fric manqué dans les caisses, j'ai craqué. Les pots que vous avez embarqués étaient les plants destinés à la clairière qui se situe dans mon bois. J'ai aménagé exprès l'endroit en coupant des arbres qui ont fini dans la cheminée, et en labourant quelques ares. C'est qu'il voit grand, Li. Il veut concurrencer les gangs de la cité voisine. J'avais précisé que je ne le ferais que cette année. La culture intensive était provisoire. Voilà, c'est tout.

— Allons questionner l'intéressé, décida Jacques.

Les cinq hommes cernèrent Wang Li dans le hangar. Le jeune, pugnace, nia les accusations en bloc, menaçant Yves avec le râteau qui servait à récupérer les brins de paille éparpillés sur le sol en béton après l'empilement.

— Nique ta race, connard ! Tu kiffais le deal et tu m'enfonces face aux keufs. T'es qu'une merde de trou du cul ! hurla Li en pointant le râteau sur le ventre d'Yves.

— Lâchez ça, gueula le lieutenant en le mettant en joue.

— Fumier ! Montre leur ton calepin ! Celui où tu notes tes recettes de dealer, sale con !

— Quel calepin ? demanda Jacques, abasourdi.

— T'es pas fier, du con ! Tu ne leur as rien dit. Le petit carnet rouge sur lequel il enregistre l'oseille que mes gars lui filent toutes les semaines.

— Toi, mon gars, on t'embarque au poste avec de jolis bracelets pour trafic et vous, donnez-nous ce carnet.

Le capitaine Dupuis tiqua en lisant les premières pages. Des noms connus se détachaient parmi la vingtaine d'identités.

— Michot, Dalmasso, Fiorentini, Ben Soussan, Li, sont inscrits avec des nombres. Des débits et des crédits, je présume ?

Yves Trémière demeura muet comme une carpe.

— Qui ne dit mot, consent. Au QG, tout ce petit monde. Nous prévenons Dimitri de votre absence. Qu'il déjeune sans vous. Je prends Li avec les deux brigadiers et toi Monsieur Trémière, déclara Jacques à son lieutenant.

— Tu m'informeras de la suite, réclama Gilbert.

— Sûr. Je les interrogerai séparément, confia Jacques à son ami en dehors du groupe. Je relèverai peut-être des divergences. Je confierai le carnet au brigadier François. Il additionnera les montants. Tu avais raison pour le jeu. Le mec est accro.

Gilbert leur serra la main en guise d'au revoir.

Excellente matinée, songea le détective en retournant à son bureau. Cela m'a mis en appétit.

47

— Gilbert, ici Jacques. J'aurais besoin que tu me rendes un service. Est-ce que tu peux te libérer maintenant ?

— Immédiatement, non. J'ai un rendez-vous à 13 heures. Une personne que je ne peux pas décaler, mais dès qu'elle aura quitté le cabinet, je pourrai. Que dois-je faire ?

— Identifier le sieur Ben Soussan. Le collègue a additionné les sommes empruntées. C'est du lourd. Trémière lui devait le tarif d'une belle bagnole.

— À ce point ?

— Dans les trente mille. J'imagine que ton homme était furieux de ne pas recouvrer son fric. C'est un mobile de meurtre valable, bien que je ne voie pas le rapport avec la drogue pour l'instant.

— Effectivement, cela pourrait l'être. Nous retrouvons inlassablement les mêmes : argent, drogue, arme, jalousie.

— Tu es donc partant ?

— Plutôt deux fois qu'une. Donne-moi quatre-vingt-dix minutes de battements et je passe au commissariat.

— Entendu.

— Et le Li ?

— Il pige que dalle aux meurtres, mais on l'asticote régulièrement à tour de rôle avec le collègue. En secouant le cocotier, il finira par lâcher prise et nous tombera tout cru dans le bec.

Chose promise, à 14 h 45 le détective débarquait à la brasserie préférée des flics, proche du commissariat, cinq minutes à pied, le deuxième QG de la police nationale troyenne, décor Pop Art, lithographies d'Andhy Warhol, photos de Manhattan avec ses tours intactes, couleurs criardes au mur, tables en plexiglas de couleur vermillon avec ses chaises assorties, un baume enchanteur dans l'univers sombre des policiers.

Gilbert abandonna sa voiture dans le parking de la flicaille au profit de celle du capitaine, la fidèle Peugeot. Il s'installa à la place du mort.

Deux heures à 130 km/h suffirent à échafauder un plan. La solution s'imposa aux quatre passagers. Gilbert irait seul patrouiller. Jacques l'aurait dans son viseur. D'un signe de la main, les trois policiers en civil encercleraient le détective et le rabatteur.

Individu suspecté dangereux potentiellement armé, discrétion, gilet pare-balles obligatoire.

Aucune prise de risque. Du velours.

Après avoir cherché du côté du paddock, de la pesée, des tribunes et de la barrière au niveau des pistes, il y avait entraînement des bourrins, Gilbert dénicha l'homme au niveau du restaurant trois fourchettes au guide Gault & Millau situé au premier étage de l'hippodrome de Reims. Il conversait avec une personne à l'allure texane d'après son habillement : chemise à carreaux rouge et noir, pull col en V noir, jean, chapeau de cow-boy sur des cheveux gris, ne lui manquait que les santiags à la panoplie, le flingue était certainement à portée de la main.

Gilbert pesa le pour et le contre, l'inconnu contrecarrait le plan prévu pendant le trajet. Il se tourna vers le hall, guettant l'approbation du capitaine et des collègues. Un hochement de tête donna le signal. Souriant et détendu, il occupa la table à la gauche de Ben Soussan avec un geste amical en direction de ses voisins de droite. Quant au groupe des trois, ils prirent place à la table jouxtant la porte d'entrée. Bloquer la sortie. Un truc de flics.

Gilbert écouta les propos des deux interlocuteurs en buvant son jus de tomate manquant de condiments à son goût, notamment du poivre cinq baies qui aurait pimenté la boisson.

Jacques et ses acolytes sirotaient un expresso, une tasse étant plus vite avalée qu'un verre lorsqu'on doit s'éjecter d'un siège.

Gilbert imagina le lieutenant de trente balais en train de râler contre l'accoutrement dont il était affublé dans le but de se protéger d'un grand-père de soixante.

Coup d'œil sur la droite de façon régulière.

Lorsque Ben Soussan étala une feuille remplie de colonnes, de mots et de chiffres, Gilbert supputa des noms d'emprunteurs. Les deux hommes étaient passés aux choses sérieuses, ils parlaient business.

Moment propice.

Gilbert posa son verre sur la table et se leva. En un éclair, les trois policiers l'imitèrent, la table fut encerclée et Ben Soussan appréhendait. L'inconnu repoussa sa chaise et fila vers la caisse payer l'addition. Le regard noir que lança Ben Soussan au détective en disait long sur la haine éprouvée envers lui à cet instant. Trahison.

Au poste de sécurité, Jacques Dupuis signifia à la silhouette oblongue la raison de cette interpellation.

— Oui, je connais Monsieur qui m'a été recommandé par une connaissance commune, répondit Ben Soussan en désignant Gilbert.

— Trémière ? questionna Jacques

— Absolument.

— À qui vous avez rendu service.

— Absolument. J'ai agi de manière identique avec Monsieur Grand, affirma le rabatteur, sûr de lui.

— Sauf que le cas de Monsieur Trémière n'est pas semblable. Insolvabilité.

— Je lui ai accordé un délai.

— Un délai ayant des allures de menaces, réitérées à son encontre lors de votre entretien avec Monsieur Grand.

— C'était une remarque. En aucun cas une menace.

— Montrez-moi la feuille que vous aviez devant vous. On ne va pas y passer 107 ans.

Ben Soussan hésita. Il n'aimait pas la tournure que prenait le dialogue. Entre lui et le policier, l'insinuation d'un délit devenait pesante. Avait-il le droit d'agir ainsi sans commission rogatoire ?

— Tenez, dit-il en la sortant de la poche intérieure de sa veste.

— Beaucoup d'argent en jeu, siffla le capitaine. Le nom de Trémière revient souvent sur cette liste. L'ardoise doit être salée.

— À peine.

— Si mes calculs sont bons, dans les trente mille euros. Je ne considère pas que ce montant est insignifiant, d'où les menaces. Jusqu'où iriez-vous pour récupérer votre dû, Monsieur Ben Soussan ?

— Je vous répète que je ne l'ai pas menacé, c'est l'autre, s'énerva le rabatteur.

— Quel autre ?

Gilbert, le lieutenant et son collègue laissèrent Jacques cuisiner le suspect. À ce jeu, il était le meilleur. Il endossait à la fois le rôle du gentil et du méchant flic.

Ben Soussan se mordit la lèvre inférieure. Une grosse boulette lui avait échappé. Elle allait lui exploser à la figure. Il se promit de ne pas être le dindon de la farce.

— C'est Bouttier qui tient les comptes. C'est son pognon, pas le mien.

— Et on peut le joindre où, ce Bouttier ?

— Il était avec moi, il y a un quart d'heure. C'était l'homme du restaurant.

— Merde ! s'exclama le lieutenant. On part à la chasse.

— Les écrans vidéos, désigna Jacques. Balayez l'hippodrome en long, en large et en travers. Vite ! Il ne faut pas qu'il nous échappe !

L'instinct dictait l'action. Gilbert approuva la manœuvre. Huit paires d'yeux scrutaient la foule.

— Là ! cria le brigadier François. Il s'enfuit par le paddock.

— Il y a une porte de secours donnant sur le parking, annonça l'agent de la sécurité.

— Vous pouvez la bloquer ? demanda Jacques.

— Non, porte de secours, répondit l'agent dépité de tant d'incompréhension. Qui dit secours, dit évacuation en urgence, condamnation inenvisageable.

Le lieutenant et le brigadier s'étaient déjà lancés aux trousses de l'inconnu du restaurant tandis que l'agent de la sécurité informait son homologue qui patrouillait dans tout l'hippodrome de la requête.

Un Bouttier clamant que cette arrestation était arbitraire, fut conduit au poste de la sécurité. Entre-temps, le capitaine avait réquisitionné en plaisantant le commissariat de Reims en vue d'une confrontation et d'une hypothétique garde à vue.

À 17 h 52, Bouttier et Ben Soussan étaient en audition, Sollicité par Dupuis, Yves Trémière montait dans sa Honda cabossée direction Reims, et les policiers s'étaient débarrassés de leurs gilets.

48

20 heures.

Dans le bureau 1, Trémière, assis en face de Jacques Dupuis, persistait dans sa déclaration : il n'avait jamais vu Bouttier. Avec un look de Texan, il s'en serait souvenu au même titre qu'il n'oubliait pas ces cons de touristes qui se pointaient au haras dans le but de faire une balade en monte western.

Dans le bureau 2, Ben Soussan niait toute intervention intimidante auprès des clients de Bouttier.

Dans le bureau 3, Bouttier clamait haut et fort que Ben Soussan était à la fois son bras droit et son comptable, qu'il venait rarement à l'hippodrome, qu'il s'était déplacé, exceptionnellement, aujourd'hui, car il recevait la famille de sa femme chez lui, une invitation pour les fêtes de Pâques décidée à la dernière minute ce qui avait modifié son planning. On était lundi, il encaissait les remboursements d'hier et les débours aussi, en un mot faire les comptes, pas compliqué à saisir.

Ce que saisissait tout à fait Jacques, c'était qu'il s'était fourvoyé et qu'il aurait dû persister sur le réseau Martien au lieu de subir l'influence de son ami détective. La drogue flingue plus que l'argent du jeu. Gilbert a le nez bouché, il a perdu le flair du gendarme, pensa-t-il.

À 20 h 30, les réponses des intéressés étaient nébuleuses, chacun sachant qu'une dette de jeu était au risque du prêteur, peu défendable devant un tribunal, surtout lorsqu'il s'agissait d'un prêt en liquide sous le manteau.

À 20 h 50, le capitaine Dupuis joua la carte de la garde à vue. En règle générale, l'être humain vulnérable ne restait pas insensible aux mots prononcés.

La peur d'une cellule bétonnée aux murs tristes et sales sentant la pisse fit son effet sur l'un des trois prévenus. Ben Soussan se révolta. Il accusa Bouttier d'avoir commandité l'intimidation envers Trémière. Son « patron » ne se salissait pas les mains. Il lui rendait ce service dans le coin avec des gars triés sur le volet, mais là, Trémière habitant dans l'autre département, il avait agi autrement. Il s'était rendu au haras vérifier l'environnement et la solvabilité de l'emprunteur, avait surpris l'engueulade avec un homme à qui il devait 15 000 euros, et, ensuite, il s'était renseigné. La routine des affaires.

Éclaircissement nul. Jacques bouillait en son for intérieur, maudissant le détective.

Une lueur apparut au bout du tunnel lorsque Ben Soussan déclara que le mec désigné était un copain d'un copain de Châlons-en-Champagne du nom de Vignaud qu'il n'avait jamais rencontré. Il l'avait contacté par SMS et paiement par virement bancaire sur le Web. 1 500 euros pour foutre la trouille à une personne, il estimait que c'était bien vendu.

Jusqu'où peut aller un déséquilibré quand il secoue sa victime ? se demanda Jacques.

Vu l'heure tardive, les Troyens rentrèrent chez eux, Trémière en premier qui ne réalisait pas vraiment ce qui était en train de se dérouler puisqu'il repartait libre pour l'instant, quant aux deux suspects, ils furent placés en garde à vue jusqu'au lendemain.

49

J +21

L'homme jouait aux cartes dans sa cuisine en buvant un Coca-Cola. Il les avait alignés devant lui, posant le 8 de trèfle sur le 9 de trèfle et le valet de pique sur la dame de pique. Avait-il prononcé un vœu avant d'entamer la partie ? Attendait-il avec impatience le résultat final de la réussite ?

L'interphone sonna.

Il leva la tête de son jeu, et se dirigea vers l'entrée.

La voix dans l'appareil exigea l'ouverture de la porte d'entrée de l'immeuble. Il déverrouilla la porte de son appartement « deux-pièces, cuisine, salle d'eau » situé dans un vieil immeuble au centre-ville.

À la vue de la carte de la police nationale, à chacun son jeu, Armand Vignaud s'efforça de dissimuler sa nervosité. L'homme sur le palier, à l'âge indéfinissable, un barbu aux yeux injectés de sang, aux doigts jaunes, vêtu d'un jean sale et d'une chemise trouée, et cerise sur le gâteau, en chaussettes, les dévisagea.

Dupuis et les policiers de Châlons en Champagne n'étaient pas nés de la dernière pluie. Qu'y avait-il derrière le masque ?

Il fallait remuer la merde qu'évacuerait ce clown à la voix éraillée du fumeur invétéré, même si l'odeur allait imprégner leurs vêtements et perturber leurs odorats pendant plusieurs jours.

Vignaud rota plusieurs fois d'affilée en les laissant entrer.

— Pour digérer, les bulles, ça aide.

— Suivez-nous, s'il vous plaît.

Poli le condé, pensa Vignaud. Ne fais pas le con, Armand, à 6 heures du « mat' », ce n'est pas réglo.

— Pourquoi ?

— Des questions sur une affaire à éclaircir. Ce ne sera pas long.

— Je suis un insomniaque au chômage. Il loucha sur le vélo et soupira. J'ai le temps.

Châlons-en-Champagne, Reims.

Trente minutes de circulation.

Rocade.

Commissariat de police.

Ben Soussan écarquilla les yeux en voyant passer dans le couloir le capitaine Dupuis avec un étranger. Encore quelqu'un à interroger, pensa-t-il. Un copain de Bouttier ? Ce salaud va me charger au prochain interrogatoire.

Dans le bureau 4 du lieutenant rémois, Dupuis questionna Vignaud sur son emploi du temps. Il ment comme un arracheur de dents. Je vais enclencher la vitesse supérieure, ne pas le ménager. Qu'il ne reprenne pas sa respiration. Qu'il suffoque dans son récit vaseux et qu'il s'englue profondément afin de le confondre.

Le malfrat reconnut avoir été mandaté par un certain copain dans le but de bousculer deux personnes.

— Des noms ?

— Fiorentini et Michot.

Le capitaine garda son sang-froid.

— Trémière ?

— Non. Que les deux autres.

Ceux à qui Trémière devait du pognon, déduisit Jacques. Seraient-ils complices ? L'idée l'effleura sérieusement.

— Comment avez-vous eu leurs adresses ?

— Par SMS. Un numéro inconnu.

— Ces deux personnes sont mortes.

— Vous m'accusez de les avoir refroidis ! fulmina Vignaud.

— Vous avez étranglé la jeune fille Natalia Fiorentini et poignardé Bernard Michot.

— Non !

— Si ! hurla Jacques en tapant la table avec sa paume droite, une tonalité au-dessus.

Changement de posture. Vignaud toisa les deux policiers en face de lui.

— J'accède à la prière universelle des hommes. Je leur offre la vie éternelle auprès de ces Dieux auxquels ils croient et qu'ils souhaitent, pourtant, rencontrer le plus tard possible. Ce n'est pas con comme raisonnement, ça ? J'exauce leurs souhaits. Pourquoi me le reprocher ? Ai-je tort de précipiter la venue dans leur paradis ? Je ne suis qu'un intermédiaire qui accomplit leur destin avec de l'avance sur l'horaire prévu, c'est tout. Il faut bien mourir un jour, alors, aujourd'hui, demain, dans un mois ou dans trente ans, quelle importance puisque le principal est l'éternité dans les cieux. Elle n'est pas belle la vie ? J'abolis la souffrance et les emmerdes. Je suis le rédempteur terrestre.

Les élucubrations sur l'ange de la mort, la promesse à écourter l'improbable destin fatigua le capitaine Dupuis.

L'envie de se jeter à sa figure et de démolir son sourire ironique le démangea. Il serra les poings sous la table. Il tue de façon démoniaque, conclut-il dans sa tête. Un adolescent boutonneux à la mère possessive l'empêchant de s'exprimer, une femme dévote chez laquelle le manichéisme avait valeur de loi. Détournement de l'éducation maternelle et des prêches.

Jacques était sidéré par ce qu'il venait d'entendre. Il se leva, écœuré. Notre époque est l'âge d'or de tous les pervers, pensa-t-il en se dirigeant vers le bureau 2. Cet homme est le contraire de l'archétype humain, le noir opposé au blanc, le mal opposé au bien.

— Mais quel con !

Ben Soussan fulminait sur sa chaise.

— J'ai demandé qu'on les secoue et cet homme qui m'a été recommandé et que je ne connaissais pas me les zigouille en s'inspirant du mode opératoire du meurtrier de la joggeuse. Et tout ce merdier à cause de Bouttier !

— Développez.

La scène éculée de l'aveu, pensa Jacques.

— C'est simple à piger. Les mecs vous doivent du blé, beaucoup, et dans le milieu, ils empruntent aussi aux copains, aux amis, à la famille. C'est le vice qui les tient par les couilles. Alors, Bouttier a trouvé la solution. Vous secouez l'entourage du turfiste, ce dernier est mort de trouille et, ensuite, vous le menacez de s'en prendre à sa petite personne en tapant plus fort. Sachant ce qu'ont subi ses copains, il flippe à mort, on ne tue pas la poule aux œufs d'or. Ensuite, il trouve le moyen d'acquitter sa dette avant de subir un sort identique. Les supprimer, ce n'est pas pareil. L'autre abruti a pété une durite. Ça m'apprendra à traiter avec un inconnu. C'est certain que la méthode est radicale : mort des prêteurs, les dettes s'annulent, tout « bénef » pour le commanditaire et, là, dans votre affaire, c'est Bouttier, pas moi. Je ne suis que le commissionnaire.

Ben Soussan était en mode paranoïaque. Jacques l'abandonna à ses collègues de Châlons-en-Champagne. Il avait bouclé son enquête concernant les deux meurtres, une bonne opération. Après la vantardise de Vignaud, il apprit en arrivant à Troyes que la perquisition de l'appartement du centre-ville avait révélé l'indice accusateur : la carte bleue de Michot, objet aux multiples empreintes du meurtrier qui avait été rangé dans le tiroir d'une commode, le nouveau détenteur ayant envisagé sur le paiement sans contact avant d'y avoir renoncé.

À midi, Jacques déjeuna avec Gilbert.

50

Gilbert avait raconté sans omettre les détails douloureux, ceux qui lui transperçaient le cœur par leur incompréhension et leur dureté. Cynisme. Au-delà de ce que Sœur Agnès tolérait.

À chaque phrase ajoutée, son âme saignait, son corps était crucifié sur la potence des mots et des verbes, et le Verbe était Dieu, et ce Vignaud aux desseins machiavéliques trahissait son créateur. L'accomplissement de ses actes égalait la rivalité. L'homme vil s'identifiait à l'Éternel en accomplissant sa mascarade morbide.

Sœur Agnès priait dans sa chambre, murmurant une oraison jaculatoire. La prière n'épanchait pas son désarroi.

Elle égrenait son chapelet en perles de buis avec la croix finement ciselée, respectant l'ordre des « Je vous salue Marie », des « Notre Père » et des « Gloire au Père ». Elle égrènerait ce soir jusqu'à s'en meurtrir les bouts de ses doigts ; elle égrènerait jusqu'à ce que le pardon expulse la colère qui avait progressé en elle durant la conversation avec son frère.

La mansuétude ébranlée aspirait à vibrer de nouveau dans son corps, dans son âme et dans son cœur.

La cloche de la chapelle sonna complies.
20 heures à l'horloge du couvent.
Sœur Agnès resta agenouillée.

Épilogue

Mes pas résonnent, seule présence dans le couloir désert. Dans la valise, que je porte à la main, s'entasse le futur. J'ai fait table rase des années passées en quelques minutes lorsque la grille s'est ouverte, lorsque le maton m'a tapé sur l'épaule en souhaitant ne pas me revoir.

Qu'il se rassure, je n'en ai pas l'intention.

Le bruit assourdissant du boulevard m'étourdit. La lumière aveuglante du ciel m'éblouit. Les passants me bousculent.

J'avise un arrêt de bus. Je regarde le plan et note le trajet. La distance à parcourir est courte, trente minutes environ, je suis moins rapide qu'avant.

J'entre dans l'établissement. Il n'y a personne au guichet. J'aborde l'employé. Il m'examine de haut en bas, il me prend pour un SDF. Consultation de l'ordinateur posé devant lui. Je sais combien je possède sur mon compte sans oublier le tiroir dans la salle des coffres à l'étage en dessous. Il obtempère. Les billets craquent au toucher et sentent bon le neuf.

Je sors de la banque.

Je me redresse. J'entame une nouvelle aventure.

Je suis à nouveau MOI, Ben Soussan.

Bibliographie

Les belles plantes d'appartement, hors série n° 699, Ami des jardins et de la maison, 1 983
Équitation éthologique, tomme 1, éditions Vigot, 2 002
Le cheval, Librairie Larousse, 1 983
L'encyclopédie du cheval, éditions Atlas, 2 003
Bonsaï, éditions Ulmer, 1 999
Les orchidées sauvages, éditions Quae, 2 009
Comment entretenir vos bonsaï, éditions Bordas, 1 986

Contacter l'auteur :
www. ladydaigre. jimdo. com

Romans policiers

Mortel courroux, éd. Books on Demand 2 018

Trois dossiers pour deux crimes, éd. Books on Demand, 2 017

Lettres fatales, éd. Unicité 2 017

La mort dans l'âme, éd. Books on Demand 2 015

Une vie de chien, éd. Books on Demand 2 015

Romans

Awena, éd. Books on Demand, 2 019

La clé de la vertu, éd. Books on Demand, 2 017

Neitmar, éd. Books on Demand 2 014

Album jeunesse

Coccinella fête le Printemps, éd. Books on Demand, 2 018

Coccinelle visite le parc zoologique, éd. Books on Demand, 2 018

Coccinella fête Halloween, éd. Independently published, 2 018

Coccinella aide le père Noël, éd. Independently published, 2 018

Vie pratique

Pom'en chef, éd. Books on Demand, 2 015

Manuel de dessin et de peinture, éd. Books on Demand, 2 018